徳間文庫

哀愁変奏曲

赤川次郎

徳間書店

目次

ささやくピアノ

1

コトン、と音がした。

玄関のドアに郵便物が投げ込まれて行ったのである。

石《いし》井《い》栄《えい》志《じ》は、音がすると同時に——いや、全く同時なんてことはあり得ないのだが、ほとんど「同時」と言っていいくらいの勢いで布団からはね起きていた。

それは、実際、驚くべきことだった。その音は普通に起きていたって聞き逃しそうな、かすかな音で、しかも石井は、今の今まで、眠っていたのだから。

つまりは、それほど石井が、その郵便を心待ちにしていた、ということである。

布団からパジャマ姿で玄関へ……。といっても、玄関は目の前だ。何しろ、六畳一間のアパートの一階である。

二階の郵便は、郵便受に入れられるが、一階の分は、ドアの新聞受へ放り込まれて行く。その蓋《ふた》を開けると、一通の封筒が、石井の手の中に落ちた。

予感が――いやな予感がした。

この厚味と、手応《てごた》えは、いつもの通りじゃないか。いや、しかし……。開けてみるまでは分らない。

封を切る手が震えた。中から一枚の手紙が滑り出て来る。

開けてみて、そこに見出《みいだ》したのは、もう何度も見なれた、同じ文面だった。

〈……今般の貴台の作品は、残念ながら落選と決定いたしました。なお作品について、返却を希望の場合は……〉

石井は、よろけるように歩いて行って、布団の上に座り込んだ。

ふてくされて寝てしまいたいが、体を動かすのも面倒だった。

この三か月の苦労も、一片の紙きれでおしまいだ。

手を入れ、書き直し、削り、何度、楽譜を見つめ直したことだろう。――これ以上やることはない、と自分でも納得し、そう自信の持てる作品だった。それなのに……。

手の中で、その通知を握りつぶして、そのまま布団の上に石井は倒れた。

カーテンを引いたままの部屋は、暗く、天井は夜空のようだった。ただ、そこには月も星も出ない。

俺《おれ》の未来みたいだな、と石井は自嘲《じちょう》気味に思った。

石井栄志は、二十五歳になる。音楽大学の作曲科を出て、何とか作曲で身を立てようとして頑張って来た。

しかし、卒業制作の合唱曲は、〈優秀賞〉を受けたものの、一文にもならず、それ以来あらゆる作曲コンクールに作品を送り続けていたが、一度として入選できずにいた。

両親は貧しく、仕送りもないので、生活費は自分で稼がなくてはならない。——音楽のアルバイトなど、あるはずもなく、石井は、そば屋の出前持ちから、引越しの手伝いまで、何でもやって来た。

しかし、もういい加減、くたびれて来ていた。三年も、同じ生活なのだ。

そして今度の作品には自信があったのだが……。

トントン、とドアを叩《たた》く音がした。

誰か来たのか。——何だ、一体？

放っておこうかと思った。どうせ大した用事じゃあるまい。

石井は、寝転ったまま、動かなかった。

石井にとっての大きなハンディは、音楽大学の学生なら、まずたいていは家に持っているピアノが、ないことだった。

もちろん、金がなくて、買えなかったのである。ピアノなしで作曲する。――ベートーヴェンはそれが大切だ、とか言ったそうだが、ピアノがあって、演奏はしても、作曲の時に使わないのと、ピアノそのものがないのではまるで違う。

和音の響き、メロディライン一つ、音で確かめられないのは、石井にとって、大きなマイナスである。

ピアノの代りに、石井が使っているのはピアノの鍵盤を描いた、細長いボール紙だった！　もちろん、叩いても、音は出ない。

それでも指をそのボール紙に走らせながら、鳴り渡る音を頭の中で想像して、作曲しているのである。

たまに、ピアノをどこかの子供に教えたりすることがあると、石井は、四つや五つの子供が、とても自分には手の出ない立派な新品のピアノで、〈猫ふんじゃった〉などを弾《ひ》いているのを見て、やり切れない思いになるのだった。しかし、いつかは……。

きっと、いつかは……。

トントン。

「石井さん。——石井さん」

諦《あきら》めそうもなかった。石井はため息をついて、起き上り、

「はい」

と、返事をした。「どなたですか?」

「お荷物です」

荷物?——田舎から、食いものでも送って来たのかな。

「ちょっと待って」

石井は、立ち上って、少しふらつく頭を振ると、カーテンを開け、布団をそのまま隅へ押しやった。

玄関で、サンダルをはいて、ドアを開けると、

「——石井栄志さん、ですね」

作業服の男が、伝票を見ながら訊《き》く。

「そうです。荷物は?」

その男は、何も手に持っていない。

「今、運んで来ますんで。ドア、開けといて下さい」

そう言って、行ってしまう。

「そんなにでかいもの？」

石井は、面食らった。――何も来る心当りはないけど。

ともかく、ドアを開け、外へ出てみる。

もう朝の十時。今日はバイトが午後の四時からなので、のんびり眠っていたのである。

パジャマ姿では、少し寒いくらいだった。もう十月も終りなのだから。

目の前にトラックが――それも、かなり大型のトラックが停っていた。

後ろの荷台の扉が開いている。

石井は歩いて行って、一体何が来たのか、と覗《のぞ》き込んだ。

――黒光りする、アップライトのピアノが、目の前にそびえていた。

「危いですよ」

と、言われ、やっと我に返る。

「これ……。このピアノが……？」

「ええ。ご存知ないんですか？」

「いや……。誰から？」

石井は、狐《きつね》につままれたような気持だった。伝票を見せてもらったが、送り主の名前には、全く憶《おぼ》えがなかった。

見も知らない人間が、ピアノを送って来るなんてことが、あるだろうか？

しかし、確かに、送り先は石井の所になっているのだ。

「——どうします？」

と、運送屋の男が言った。「運んでいいですか？」

「うん。——あ、ちょっと待って！」

あの六畳間の、どこに一体ピアノを入れりゃいいんだ？

石井はあわてて部屋へ駆け戻ると、まずパジャマを脱いで顔を洗った。夢から覚めるかと思ったが、大丈夫だった。

急いでジーパンをはき、まず部屋の中を片付ける。布団を押入れに放り込み、本棚を動かそうとして引っくり返す……。

その間に、ピアノはトラックから下ろされていた。

「あ、あのね、ともかくここに置いて。一旦《いったん》ここに」

一旦、と言っても、一度置いたら、そう簡単に動かせるものじゃない。

ともかく、てんやわんやの一時間の後、石井は、目の前のピアノが、いつか消えてなくなるんじゃないかと、部屋の真中に座り込んで、にらみつけていたのだった。

ピアノ……。本物の！

石井は、付いていた鍵で蓋を開けると、ビロードの布をそっと取って、真白な鍵盤に、そっと指を置いてみた。

ポーン、と軽やかな音が響いて、六畳間の中に広がり、しみ通って行く。

「鳴った！」

と、思わず石井は言った。「本当に、鳴った！」

誰だか知らないが、これを送ってくれた人間に礼を言わなくては、と思った。

電話番号が入っている。――事情を訊いてみよう。

このアパートには、電話などという、洒落《しゃれ》たものはない。

十円玉を三、四枚つかんで玄関から出ようとした石井は、あやうく目の前に立っている男と、ぶつかりそうになった。

「わっ！」

どっちもびっくりはしただろうが、直接被害を受けたのは、相手の方だった。

石井は声を上げただけだったが、相手は尻《しり》もちをついてしまったのだ。

「ど、どうも！」

と、石井はあわてて、相手の男を引張り起した。「大丈夫ですか?」

「いや――申し訳ありません」

と、自分が悪いわけでもないのに、その男は謝った。

どうやら口を開くと反射的に「申し訳ありません」が出て来るタイプらしい。

年齢は石井よりずっと上――たぶん、四十近いだろう。いや、頭が禿《は》げ上っているのでそう見えるだけかもしれないが。

メガネをかけ直し、パリッとした背広の汚れを手で払うと、

「石井栄志さんでいらっしゃいますね」

と、言った。

大体、石井のような若者が、こんな口のきき方をされることはない。

「ええ、そうでいらっしゃいますが……」

などと、石井は答えていた。

「私、こういう者です」

銀行員かセールスマンか、という感じのその男の差し出した名刺には、〈××音楽事務所片岡浩二《かたおかこうじ》〉とあった。

「音楽事務所……」

と、石井が面食らっていると、

「仕事をお願いしたいのです」

と、その片岡という男が言った。

「仕事……ですか」

石井の方はポカンとしている。――片岡は、玄関の開け放したドアから中を覗き込んで、

「やあ、届いたようですね」

と、言った。

「はあ？」

「ピアノです。いや、まだ明日ぐらいになるかな、と思っていたんですが」

そうか。――石井は、伝票にあった送り主の名前も〈片岡〉だったことに、やっと思い当った。

「――すると、僕に編曲をやってくれ、と？」

「そうです。何といっても素人《しろうと》は、メロディぐらいギターでも弾いて作れますが、それをレコーディングできるようにするには、プロの方がいないと」

「そりゃ分りますが……」

二人は、コーヒーを飲みながら、話していた。

石井のアパートではなく、近くの喫茶店である。いくら何でも、アパートは、客を上げられる状態ではなかった。

「いかがですか。編曲も、数をこなせば、結構なお金になりますよ」

と、片岡は言った。

ポーカーフェイスで、何を考えているのかよく分らない顔だが、話はきちんと整理されていて、石井にもよくのみ込めた。

作曲は、ドレミを知らなくてもできる。それこそハミングしたのをテープに入れとけばいいのだから。しかし、そのメロディが、現実の音になって、楽器の伴奏で歌えるようになるには、ちゃんと正規の音楽教育を受けた者がいなくてはならない。楽器一つ取っても、調性が違うのだから。

「いかがでしょう？　お願いしたい仕事はすぐにでもあるんですがね」

と、片岡は言った。

「はあ……」

「センスのいい編曲者ってのは、いないものなんです。ごくわずかの何人かに集中してしまっているのが現状でしてね。ぜひ新しい感覚がほしいところだったんですよ」

——石井としては、もちろん、歌謡曲の編曲をやるのが、本来の目標ではない。交響曲や合唱曲で、現代音楽に新しい展望を切り拓《ひら》きたい——と、まあメッセージ風に言うと、そういうことになるだろう。

しかし……。現実に生活して行かなくてはならないのだ。

立ちっ放しのアルバイトで何百円だかを手に入れるよりは、どうせなら、知識を活《い》かした仕事の方がいい。それに、大体ピアノをもらってしまっているのだ。

「あの……ピアノの代金は?」

と、石井は恐る恐る訊いた。

「いや、構いません。あれはプレゼントです」

「はあ。——分りました。それじゃ、やってみます」

「そうですか!」

と、片岡はホッとしたように、「きっと、あゆみも喜ぶだろう」

「あゆみ?」

「ええ。進藤《しんどう》あゆみです。ご存知でしょ?」

「進藤……。いや、心当りがありませんが」

「へえ。TVってものを見ないんですか?」

「部屋にないんです」

「珍しい方ですね。進藤あゆみは今、凄《すご》い人気の歌手ですよ。その子の新曲をまず手がけてみて下さい。多少時間は余裕をみておきますが」

「はあ。――しかし、そのあゆみさんが、どうして喜ぶんです?」

「あなたのことを推薦したのが、彼女なんですよ。あのピアノも彼女のギャラで買ったものです」

これで分ったでしょ、と言いたげに肯《うなず》くと、片岡は立ち上って、「では、これで失礼します。後、回らなきゃならん所があるのでね」

「ど、どうも」

「またご連絡します。電話番号は?」

「電話も――ないんです」

と、石井は言った。

「面白い方ですな」

片岡は笑って言った。「じゃ、またうかがいますよ。――ああ、ここは結構、払います。経費ですから」

片岡は、伝票をつかんで、さっさと先に行ってしまう。

——仕事でおごってもらった、というのは、石井にとって、これが初めての経験だ。あわてて席を立とうとして、石井は飲み残したコーヒーを、急いで飲み干したのだった……。

2

「先生。——先生」

二度呼ばれて、ふと我に返る。

「何だ？」

と、振り向くと、

「お客様です。あの——A音楽興業の田口《たぐち》さんが」

「ああ、分った」

そうだった。二時の約束だった。忘れてしまっていたのだ。

「レッスン室へ通しておいてくれ」

と、石井は言った。

「かしこまりました」

もう十年近くこの家で働いている小川弘子《おがわひろこ》が、パタパタとスリッパの音をたてさがって行く。

石井は、ガラス戸越しに、午後の陽射しで白く匂《にお》い立つ庭をじっと眺めていた。庭を見ているると、時のたつのを忘れる。――もう年齢《とし》なのかな、と苦笑する。髪に白いものも目立ち始めていた。四十歳ごろまでは、黒々としていて、若さが売り物でもあったのだが、今はもう五十に近い。

大きく一度息をついて、石井は立ち上った。

磨き上げた廊下をゆっくりと歩いて行く。――レッスン室は、半地下になっている。ピアノの音が、外に洩《も》れないよう、防音も完璧《かんぺき》だ。

「――やあ、どうも」

と、重い扉を開けて入って行くと、顔なじみの田口が急いで立ち上った。

「どうも、先生。――お忙しいところ、お邪魔しまして」

と、禿げた頭を下げた。

「いや、こっちもうっかり忘れかけててね。もう若くないよ」

「何をおっしゃってるんです。――あ、これは今度、デビューさせる新人で、森永《もりなが》マチ子といいます」

「森田《もりた》マチ子です。あ、いけない」

「おいおい、自分の名前ぐらい憶えとけよ」

と、田口は苦笑した。

本名が森田なのだろう。まだ芸名が頭によく入っていないのだ。

「いくつだね」

と、石井は、ソファに腰をおろして、訊いた。

「十五歳です」

「十五か。——若いね。今はどんどん若くなって行く」

「いや、全くです」

と、田口は言った。「この子なんか、最近じゃ遅い方ですよ。もう、今は十三、四が狙《ねら》い目で」

「子供だね」

「全くですなあ。——で、この子を、何とか先生に仕込んでいただきたくて伺ったんです」

「よろしくお願いします」

と、その少女が、ペコンと頭を下げた。

十五歳……。

可愛《かわい》い子だった。——歌はどうにでもなるのだ。今は顔の時代……。

TVで売れるようになるためには、まず可愛い子であることが第一条件なのである。

「歌は好きかね」

と、石井は訊いた。

「はい」

石井は、立ち上ると、

「ちょっと、おいで」

と促して、グランドピアノの方へ歩いて行った。

レッスン室の真中に、大きなグランドピアノが居座《いすわ》っている。レッスン室は決して小さな部屋ではないのだが、このグランドピアノのおかげで、何だか狭苦しく感じられた。

レッスン室の隅には、もう一台、ピアノがあった。——大分古くなった、アップライトのピアノだ。

「最近の歌で、何か好きなのは？」

ピアノに向うと、石井は訊いた。

「はい。〈風の咲く時〉です」

もちろん、石井の曲だ。そう訊かれるのが分っているから、ちゃんと田口に教えられて来たのだろう。

「そうか。よし、歌ってごらん」

石井の指が、鍵盤の上を、自動機械のように動いて旋律をつむぎ出した。

少女が歌い出す。――それはとても「歌」とは呼べないしろものだった。

もちろん、石井の前で、緊張しているせいもあるだろうが、それにしてもひどい。

声は震え、上《うわ》ずっているし、かすれて高い音は出ないし……。聞いている田口の方が、青い顔をしている。

「――もういい」

ワンコーラス終ったところで、石井は手を止めた。

「すみません。あがっちゃって……」

と、森永マチ子の方も、汗をかいているようだ。

「いや。――まあ、これからだからね」

と、石井は言った。

「いかがでしょう、先生」

と、田口が恐る恐る言った。

「うん……」

石井は、じっと両手を前に組んでいる少女の方へ、チラッと目をやった。

別に、じっと見ていけないわけではないのだが、もうこの年齢になると、十五歳の少女の若さはまぶしいのである。

「そうだね」

と、少し考えてから、石井は言った。「まあ声の質は悪くないと思うよ。何とかなるだろう」

「そうですか」

田口はホッと息をついた。「じゃ、面倒をみていただけますか！　良かったな、マチ子。よく、お礼を申し上げて――」

「いや、それは私の仕事だからね」

と、石井は言った。「時間は、うちの事務所と打ち合せてくれ」

「かしこまりました。しかし、先生、この前の記念LPは良かったですね。いや、正に集大成って感じで。今度は全集をお出しになるといいですよ」

「全集ってのは、死んでから出すものさ」

と、石井は笑って言った。「まだ、あと何年かは生きるつもりだから」

「また、何をおっしゃってるんです。先生には、何十年もご活躍いただかなくちゃ」

と、田口は、大きな声で言った。

何十年も、か。――俺はもう疲れたよ。

石井は、田口の傍《そば》で、ちょこんと座って、両膝《りょうひざ》をピタリと合せ、そこに両手を重ねている森永マチ子の方へ、いつしか目を向けていた。

スターになれるかもしれない。その素質のようなものを、その少女は持っていた。

もう長い間、この手の新人たちを見続けて来た石井には、大体見当がつく。この子はどの程度まで行きそうか……。

もちろん、初めからそうだったわけではなくて、何百人か、今では一人一人を思い出すことなど、とてもできない、「新人たち」を見た上でのことだ。

「では、また伺います」

と、田口が、腰を上げる。

「ご苦労さん」

と、石井は座ったまま言った。

森永マチ子も、立ち上って深々と頭を下げたが、ふとその目が、レッスン室の片隅に置かれた、古いアップライトピアノに留った。

「あのピアノ……」

と、独り言のように、「昔、弾いてたのとよく似てるわ」

「そうか」

石井は微笑《ほほえ》んだ。「習っていたのかね」

「はい。中学へ入ったころまでは、やっていたんですけど」

「何を弾いてたんだね？」

「最後の方は……。もちろん上手じゃありませんでしたけど、ハイドンとか……」

「そうか」

「あれは先生がお使いになってたピアノですか？」

と、マチ子が訊くと、田口の方が気をつかって、

「おい、先生はお忙しいんだよ。——じゃ、改めてご挨拶《あいさつ》に」

「いや、いいよ。もう後はこの子を一人でよこしてくれ」

と、石井は言った。

「ありがとうございました」

きちんと礼を言って帰って行く。

そうしつけられているのだろうが、あんな若い——というより、むしろ幼い少女には、大変なことだろう。

レッスン室で一人になると、石井は、古いアップライトピアノの方へ歩いて行き、その前に座った。

鍵盤はすっかり色が変ってしまっていたが、指を走らせると、よく鳴る。手入れはきちんとしてあるのだ。

「そうだった……」

どこだかのＣＭの曲を頼まれていたな。

ほんの一分ほどの長さでいいのだが。——石井は、息をついて、考え込んだ……。

「お兄ちゃん」

と、呼ぶ声がした。

石井は、自分が呼ばれたのだとは、全く考えもしなかった。

何しろ、えらい人数で……。パーティというやつに出るのは、これが初めてだったのだから。

人いきれで、汗ばむような暑さ。冬だというのに、実際、石井は汗をかいていた。

夢中で食べまくっていたせいもある。

立食で、好きなものを皿に取り分けて食べるというのは、石井にとっては初めての体験だった。しかもただだ！

二十五歳の胃袋は、いやが上にも刺激を受けて、石井は片っ端から食べまくっていた。

あるレコード会社の開いた忘年会。

出席しているのは、ほとんどが腹の出た、赤ら顔のおっさんたちで、もっぱら酒ばかり。食べる物には手を出さない。石井は、おかげで遠慮なく食べまくることができたのである。

片岡という男に頼まれて編曲の仕事を始めてからは、大分収入もふえたし、アパートは相変らずあの六畳一間だったが、少なくともアルバイトに駆け回ることはなくなっていた。

石井の編曲は評判もよく、ずいぶん仕事が来るようになって、そう腹を空《す》かしていることも、今はなかったのだが、やはり身にしみついた貧乏性は、ぬけないものと見える。

かくて、夢中で食べまくっていると、

「お兄ちゃん」

と、呼ぶ声が聞こえたのである。

トントン、と肩を叩かれて、石井は初めて振り向いた。

何だか場違いな——はきだめに鶴《つる》、という古い言い回しがぴったり来るようだった。

白い可愛いドレスを着た少女が、ニッコリ笑いながら、石井を見ている。——どこかで見た顔だ、と思った。

「あ。君は——」

「思い出した？」

と、少女が嬉《うれ》しそうに言った。

「進藤あゆみ君だろ？　レコードのジャケットで見たよ」

自分が編曲したので、さすがに石井も部屋に置いてあるのだ。

「何だ」

と、進藤あゆみはがっかりした様子で、「思い出してくれたんじゃないのか」

「え？」

石井は、そもそも編曲の依頼が、この少女の推薦で舞い込んだのだということを、思い出した。

「君が僕のことを、推薦してくれたんだってね。それにピアノまで」

「ええ」

「いや、ありがとう。でも……どうして僕のことを知ってるの？」

お兄ちゃん？　待てよ。――お兄ちゃん、だって？

「ああ！――そうか。隣の家にいた、あゆみちゃんか！」

「やっと思い出した？　もう、鈍いんだから！」

怒っていながら、それでも嬉しそうに、スターは言った。

故郷の小さな町で、隣同士、親しくしていた家の末っ子が、あゆみである。石井の七つ下で、中学生の彼に、よくくっついて歩いては、

「お兄ちゃん」

と呼んで、なついていた。

石井も子供好きの性格だったし、自分に姉妹がいないせいもあったろう、あゆみを妹のように可愛がった。

しかし、石井は音楽大学を受けるので、十八歳の時に上京し、それ以来、あゆみとは会ったこともなかった。もちろん、この時までは、ということである。

「驚いた？」

と、あゆみがジュースのコップを手にして、訊いた。

「ああ。だって——僕が知ってるのは十一歳の時までだものな。笑うと、でも、昔のあゆみの顔になる」

「お兄ちゃん、やせたね」

と、あゆみは言った。

「貧乏したからな」

と、石井は言った。「僕のこと、よく分ったな」

「うん。知ってたよ、ずっと。コンクールに出して頑張ってるの」

「そうか。落選ばっかりなんだぜ」

「佳作とか、なってたじゃない」

石井は、びっくりした。

「よく知ってるね、そんなことまで」

「だって、私、いつも音楽雑誌を見てるのよ」

「そうか……。でも、助かったよ。ピアノももらったし、少なくとも、自由に使える時間がずっとふえた」

「良かったわ！　頑張ってね」

と、あゆみは言った。

その時、片岡が人をかき分けてやって来ると、

「ここにいたのか。あゆみ、時間だよ」

「はい。――じゃ、またね、お兄ちゃん」

あゆみはそう言って、ちょっと手を振って見せると、片岡と一緒に、あわただしくパーティを脱け出て行った。

あのあゆみが……。

石井は、一人になって、やっと本当の驚きに捉《とら》えられた。

石井が東京へ出て行く時、泣きながら、それでも精一杯笑顔を作って手を振っていた女の子……。もう、その映像も、石井の記憶の中では、かすみ始めていたのだが。


「――先生」

小川弘子が、いつの間にか立っていた。

「ああ。何だ？」

石井は顔を上げた。

「お客様が」

「誰だ？」

「レコード会社の方だとか……。初めておいでになったようです」

「そうか。――何だかそんな話があったかな。応接間に」

「はい」

「もう、忘れっぽくなった。年齢《とし》だよ」

と、石井は立ち上って言った。

「何をおっしゃるんですか」

と、小川弘子は笑った。

「すまんが、コーヒーをいれてくれないか。頭がスッキリしない」

「かしこまりました」

小川弘子が足早に出て行く。

石井は、ゆっくりレッスン室を出ようとして、ふと、あの古いピアノの方を振り返った。

頑張って、お兄ちゃん。

ピアノが、そう声をかけて来たような気がした。

3

「ほら、お腹《なか》で呼吸するんだ。忘れるなよ」

と、石井はピアノを弾きながら、言った。

「はい！」

森永マチ子は、額に汗を浮かべて、必死で声を張り上げている。

「リズムの取り方が間違ってる。もう何度も言ってるだろ」

「すみません」

マチ子は、顔を真赤にしていた。

「――よし、少し休もう」

石井は、手を鍵盤から離した。

「はあい」

マチ子は、まるで全力で駆けて来たみたいに、息を弾《はず》ませていた。

「どうだい」

ソファに座って、石井は言った。「歌を歌うっていうのも、結構疲れるだろ？」

「ええ、歌うってスポーツなんですね」

石井は笑って、

「まあ、そんなものだね」

と言った。「休んでいなさい」

「はい」

石井はレッスン室を出て、階段を上って行った。

小川弘子が顔を出して、

「今、お飲物を、と思っていたんですが」

「頼むよ」

長年の勘というやつだろう。いつごろ休憩になるか、分っているのだ。

石井は、電話を一本かけて、レッスン室に戻った。

扉を開けると、ピアノの音が聞こえて来た。——森永マチ子が、あの古いピアノに向って、練習曲を弾いていた。

「やめろ!」

石井は、ほとんど反射的に怒鳴っていた。「そのピアノに触るな!」

マチ子が、弾《はじ》かれたように立って、

「すみません、つい……」

と、首をすくめて、
青くなっている。

石井に嫌われないように。田口からそう言い聞かされて来たのだろう。

石井は、息をついて、

「いや——怒鳴って悪かった」

と、言った。「そのピアノはもう古いんでね。下手にいじるとだめになるんだ」

「はい」

マチ子は、ペコンと頭を下げた。「ごめんなさい」

「いや、いいんだ」

石井は微笑んだ。「ピアノが弾きたくなったら、こっちの大きいのを弾きなさい。構わないから」

マチ子は、ホッとした様子で、

「はい！」

と、答えた。

その笑顔は、あゆみを思い出させた。

あゆみも、何か言われると、

「はい！」

と、元気よく答えていたものだ。

「さあ、今、飲物が来るよ」

石井はソファに身を沈めた。「忙しいかね？」

「何をやってるのか、自分でもよく分らないんです。めまぐるしいだけで……」

「そうだろうね。しかし、デビューしたら、もっと忙しくなる」

「そうなるといいんですけど」

「君ならきっとなるさ」

「そうですか」

マチ子は、嬉しそうに言った。

小川弘子が、冷たい飲物を運んで来る。

マチ子は、それをおいしそうに飲みながら、

「あの古いピアノ、でも、とってもきれいになってますね」

と、言った。

「うん。――昔からずっと一緒だったんだよ。あいつとは」

石井はピアノの方へ目をやった。「いわば、同志ってところかな……」

「――石井じゃないか」

ホールを出る人の流れの中で、石井の肩を叩く者がある。

振り返ると、音楽大学で同期だった桜井《さくらい》である。

「やあ、来てたのか」

と、石井は懐しさで足を止めた。

「ああ、嫉妬心《しっとしん》をかき立てるためにね。お前、一人か」

「うん。――そっちは？」

「あら、見た顔だと思った」

と、言ったのは、やはり大学で一緒だった、水田苑子《みずたそのこ》だった。

「何だ。――一緒か」

「そう。目下、夫婦の予行演習中」

と、水田苑子が言った。

「へえ。そりゃおめでとう」

石井は、ロビーへ出たものの、このまま別れる気持にもなれなかった。「どこか飲みに行くか」

「そうだな。――お前何だか景気よさそうじゃないか」

確かに、石井は、上等なツイードのジャケットで、一見して他の二人とは違った格好だった。

「大したことないさ。近くに知ってる店があるんだ」

三人は、ホールの建物を出て、歩き出した。

客の数は多くないので、たちまち夜道は閑散としてしまう。クラシック音楽のコンサート、それも〈現代作品の夕《ゆうべ》〉などとなると、よほど専門的な関心のある人間しか来ない。

「今川《いまがわ》の奴《やつ》、大分、大御所に気に入られたらしいな」

と、歩きながら、桜井が言った。

今川というのは、石井たちの同期生で、一応、作曲家として名が出始めている、数少ない一人だった。

「大した曲じゃないぜ。今までの奴の作品のつぎはぎみたいなもんだ。あれが何で〈O賞〉なんだよ」

「文句言ってもしようがないわよ」

と、水田苑子が笑って、「いくら傑作をかいても、音にならないんじゃね」

「石井、お前、何をやってるんだ、今?」

と、桜井に訊かれて、

「うん?――色々さ」

曖昧《あいまい》にしか答えられない自分が惨《みじ》めだった。

「お前は?」

と、訊き返すと、桜井は、

「何も。――ヒモの暮しさ」

と苦笑する。

「私が音楽の教師をしてるの」

と、苑子が言った。「あと、近所の子にピアノを教えたり」

「食わせてもらってるんだよ」

と、桜井は笑った。「全くなあ。こうも金にならん商売だとは思わなかったぜ、作曲ってのが」

――三人は石井がよく顔を出すバーへ行った。もちろん、石井も来るようになったのは、この一年ほどだ。

「あら、先生。今日はお一人じゃないの？　珍しいわね」

と、ホステスがやって来る。

「先生？――お前何の先生なんだ？」

と、桜井が不思議そうな顔をする。

「うん……。ちょっとね」

と、石井は目をそらした。

「あら、ご存知ないんですか。有名な作曲家の先生なのよ、石井さん。ほら、進藤あゆみちゃんって、可愛い子がいるでしょ？　あの子の曲を作って大ヒット。ねえ、先生」

桜井と水田苑子の目をさけるように、石井は、ソファに身をもたせかけて、天井を見上げた……。

「――もう一杯、いただくわ」

と、水田苑子が水割りのグラスを空《から》にした。「知ってたわよ、私」

石井は、苑子を見た。

「TVぐらい見るもの。――あなたの名前が出てた。あの人には言わなかったけど」

桜井は、したたか酔って、眠ってしまっていた。

「そうか」

石井も大分飲んでいたが、酔えなかった。「偉いな。僕はもうだめさ。理想なんて、とても追って行く元気はない。一日に、多い時は二曲も三曲も作ることがあるんだ」

「凄いわね」

「和声やリズムをちょっと変えてやれば、別の曲になる。――時々、うんざりすることもあるがね」

「それだって音楽だわ」

苑子は、酔って眠っている桜井を見た。「この人はだめ。プライドばかり残ってて」

「しかし、純粋じゃないか。もちろん――」

と、石井は付け加えて、「君は苦労するだろうが」

「この人がモーツァルトならね」

と、苑子は苦笑した。「いくらでも苦労してあげるんだけど」

石井は、学生時代、何人もの男子学生から言い寄られていた苑子の、相変らず端整な横顔に、ふと生活の疲れのかげを見て、ドキッとした。

「――もう帰らなきゃ。この人を起して」

と、苑子は言った。「私、明日は学校へ出なきゃいけないから」

「送るよ」

と、石井は言った。

――酔った桜井をアパートへかつぎ込んで、石井と苑子は息を弾ませた。

「ごめんなさい、手伝わせて」

と、苑子は玄関まで出て来た。

「いや、別に。僕はどうせ昼過ぎまで寝てる生活だからね」

石井は、奥の方で寝たきりの桜井のことが気になって、「大丈夫？　少し飲み過ぎたんじゃないのか」

「時々あるの。特に、同期の誰かが成功してるのを見たりするとね」

と、言った。

「よしてくれ」

石井は顔をしかめた。「成り行きでこうなったのさ。別に、なりたくてなったわけじゃない」

「うまく行かないものね」

と、苑子は笑って、「誰よりも成功したがってる桜井が、いつまでも芽が出ないで、清貧の芸術家に憧《あこが》れるあなたが、そうして有名になってるなんて」

初めはただ編曲だけを受け持っていた石井だったが、そのうち作曲から手がけるようになっていた。既成の作曲家に比べ、一種独得のリズムや転調、現代音楽的な音階を持った石井の曲は、ちょっと高級なイメージを与えて、成功した。

もちろん、それは、石井のそもそもの志とは遠いものでしかなかったが——。

「虚《むな》しいもんさ」

と、石井は肩を揺すった。

「そうかしら？　明日の食費のことを毎日考えるのが、虚しくないとは思わないけど」

苑子の言葉に、石井は何とも言えなかった……。

「石井さん、どこに住んでるの？」

「六本木の近くのマンションだよ。仕事に便利だからね」

「訊いてなかったけど——独り？」

「うん」

「そう……」

苑子は、少し目を伏せて間を置いてから、「見に行ってもいい？」

と、訊いた。

「桜井は？」

「ああなったら、朝まで——いえ、明日の午後まで、起きないわよ」

「そうか」

——タクシーは、アパートの前に待たせてあった。

「君、明日は仕事が——」

「朝早く帰るわ」

「じゃ、行こう」

と、石井は言った。


「——あ、この人、知ってます」

と、マチ子はレッスン室の棚にのった写真に目を留めた。

「そうか」

「進藤あゆみでしょ？」

「よく知ってるね。君が生れるずっと前の人だよ」

「ええ。アイドルのはしりだ、って。週刊誌でも見たし、レコードも聞いたことあります。歌、うまいんですね」

「そうだね。なかなかいい声をしてた」

と、石井が肯いた。

「先生、進藤あゆみを知ってたんですか?」

「うん。彼女の曲をずいぶん作ったよ。もう……」

と、少し声を低めて、「題名も忘れてしまったがね」

「へえ!　でも凄いなあ」

と、マチ子は、何だかよく分らないことに感心している。「この人、今、どうしてるんですか?」

石井は、ドキッとして、マチ子を見た。――もちろん、マチ子は何気なくそう言っただけだ。

そう。進藤あゆみは、もう過去の人なのだから。

「どうしたかね」

と、石井は言った。「もうずいぶん昔のことだ。忘れてしまったな」

「きっと結婚して、ごく普通のお母さんなのかな」

と、マチ子は言った。

「君はどうしたいんだ?　ずっと歌手を続けるの?」

「さあ……。分りません」

と、マチ子は首をかしげた。「大体、『続けるか』じゃなくて、『続くか』が問題ですもん」

いかにも現代っ子らしいマチ子の言い方に、石井は笑ってしまった。確かに、その通りだ。

「――でも」

と、マチ子は、冷たい飲物を口にしながら、「いつかは、結婚して、お母さんになりたいなあ、やっぱり」

「もちろん、それだって大変なことなんだよ」

と、石井は言った。「平凡な生き方なんてものはない。誰だって、どこかで悩んだり、苦しんだりしているんだから……」

「そうですね」

と、肯いたものの、十五歳のマチ子には、どこまで分るだろうか。

「――さあ、またレッスンを始めよう」

と、石井は言って、ソファから立ち上ると、少し腰を伸ばして、グランドピアノの方へと歩いて行った。

4

「石井さん」

スタジオの出口で、片岡が待っていた。

「ああ、今晩は。——彼女と?」

石井は、ある新人歌手の新曲のレコーディングに立ち合って来たところだった。

もう、今では石井への作曲依頼が引きもきらない。

「先にマンションへ行ってます」

と、片岡は言った。「これから真直ぐに帰るんですか」

「そのつもりですよ。どうして?」

「いや、ちょっと話がありましてね」

片岡は、チラッと周囲を見回した。「じゃ、車の中で話しましょう。マンションまで送りますから」

「いいですよ」

もう、夜の十二時を回っている。二人は深夜の駐車場へと歩いて行った。

片岡の運転する車に乗るのは、快適だった。運転が慎重で、かつスムーズなのである。

隣に座っていると、つい眠くなる。

「――実はね」

と、片岡が切り出した。「週刊誌がかぎつけたんです」

「何を？」

「もちろん、あゆみとあなたの関係ですよ」

「ああ……。しかし、だからって僕にはどうしようも――」

「止めようはありません」

と、片岡は言った。「ただ、こっちの対応をしっかりしないとね。あゆみももう二十一歳です。恋人がいておかしい年齢じゃない」

「そうですよ」

「相手があなたというのも、自然です。別に叩かれる要素もない。ただ――あゆみがあなたのマンションにしばしば泊っているというのが分ると、結婚するつもりなのかどうか、という点に興味が集中しますよ」

石井は、じっと正面を見つめている。

「――どうするつもりですか」

と、片岡は訊いた。「どうするんです？」

「それを聞いて、どうするんです？」

「私が訊いてるんじゃありません。マスコミの連中ですよ。必ずあなたを追い回して、『あゆみちゃんと結婚するんですか』と訊くでしょう」

石井はため息をついた。

「――そりゃ、あゆみは可愛いですよ。僕にとっては妹みたいな存在です。しかし――結婚するか、と訊かれると、今すぐに返事はできません」

「私なら、その返事でもいいんですがね」

と、片岡は言った。「しかし、他の連中は満足しないでしょう」

石井には、片岡の言わんとすることがよく分っていた。

あゆみは、二十歳《はたち》を過ぎて、十七、八のころの殺人的スケジュールから比べると、いくらか落ちついた生活ができるようになっていた。そして、オフの前夜とかには、たいてい石井のマンションへやって来るようになったのだ。

掃除をしたり、料理を作ったりして、石井が、少し体を休めたら、と言っても、そうするのが楽しいんだ、と言ってやめなかった。

何度目かに泊って行った時、初めて石井はあゆみを抱いた。むしろ、あゆみの方が、進んで身を任せて来たのだ。

あゆみは、決して望んでこの世界へ入ったのではなく、家業が傾いて、金に困っている時、スカウトされたのである。都会での生活は孤独だったろうし、彼女が稼ぐ金で、家が何とか成り立っていたのだから、やめることができないという圧迫感もあったはずだ。

そんな中で出会った「お兄ちゃん」が、あゆみにとって、唯一、頼れる男性になったのも当然のことではあった。

「――私は分ってますよ」

と、片岡は言った。「デビューから、ずっとあゆみを見てますからね。あゆみの方が、あなたに惚《ほ》れているってことも。しかし、世間的に言えば、あなたは七つも年上で、しかも作曲家の『先生』だ。あなたがスターをものにした、と見える」

「そうかもしれませんね」

「まあ、あゆみと結婚するつもりがないのなら、きっぱりと手を切ることです。後は、どんな噂《うわさ》も、全部否定しておけばいい。そのうち世間も忘れます」

「しかし、あゆみは……」

「知らないと言って、こっそり会うというのは一番まずいやり方ですよ」

と、片岡は言った。「絶対に、連中は諦めませんからね」

石井は、黙って、考え込んでいた。

「――まあ、時間の余裕がありませんからね、今夜、結論を出しておいて下さい」

マンションの近くに来た。片岡は車を停めると、

「ここで降りた方がいい。マンションの前まで行くと、カメラが待ち構えている可能性がありますからね」

「分りました」

石井は、車を出た。

「もし何か訊かれたら、ノーコメントで通しなさい。後のことは明日、相談しましょう」

片岡の車が、遠ざかるのを見送って、石井は歩き出した。

――幸い、まだマンションに取材陣が押しかけるところまでは、いっていなかった。

鍵をあけ、マンションの部屋へ入って行くと、台所の方で音がしていて、プンと何かのこげた匂いが漂って来た。

「おいしそうだな」

と、石井は、台所へ入って行った。

あゆみは、流しに向って、エプロンをして立っている。

「——疲れてないのか？」

と、石井が声をかけると、あゆみは、首を振った。

口をきかない。——変だな、と石井は思った。

「どうかしたのかい？」

と、石井が訊く。

あゆみは、グスッとすすり上げた。石井はびっくりした。

「泣いてるのか？」

あゆみは、石井の言葉で、こらえ切れなくなったように、泣き出した——。

ガスの火を止めて、あゆみは、ダイニングの椅子に腰をおろした。

「何かあったのか？」

と、石井は訊いた。

あゆみが、涙に濡《ぬ》れた目で、石井を見た。

「——女の人が泊ったでしょ」

と、あゆみは言った。

石井は、ギクリとした。あゆみがそんなことを言い出すとは、思ってもいなかったのである。

隠すことはできなかった。ギクリとしたのは、肯定したのと同じだ。

「うん……」

「誰なの？――歌手の女の子？」

「違う。昔の……大学の時の同期の女性だ」

と、正直に言った。「一度だけだよ」

「そう……」

あゆみは切ないため息をついた。――細い糸がプツンと切れてしまったような、はかなさ……。

「別に――あなたを縛りたくはないの。私はただの気のきかない女の子だし……」

「そんなことはないよ。ただ――」

つい、言ってしまった。

あゆみは顔を上げた。

「ただ……。何なの？　言って」

今さら、何でもない、とは言えない。

石井は、片岡の話を、あゆみに伝えた。

「――知ってるわ」

と、あゆみは肯いた。「マネージャーが騒いでた」

「どうするか、決めなきゃいけない」

「決めてよ」

と、あゆみは言った。「それとも……もう決めたのね」

「いや――」

石井は、それしか言えなかった。

あゆみの気持はよく分ったし、哀れでもあったが、今、あゆみと何のこだわりもなく結婚することはできなかった。

結婚したら、後できっと悔《くや》む日が来る。

石井も若かったのである。そんな、小説か映画の中のようなセリフを、本気で口にしたのだから……。

「分ったわ」

と、あゆみは言った。「でも、今夜は私の手料理を食べてね」

あゆみが、泣いたり喚《わめ》いたりしないので、石井はホッとした。

「じゃ、風呂へ入ろうかな」

と、石井は言った。

「ええ。入って来て。食事の仕度、その間に終ると思うわ」

あゆみは立ち上った。

――その晩は、まるで子供のころに返ったように、あゆみははしゃいでいた。

「お兄ちゃん」

と呼んでふざけたり、大騒ぎをしたりした……。

――翌朝、石井が目を覚ますと、もうあゆみの姿はベッドにはなかった。

どうやら、朝早く、出て行ったらしい。

石井は、さっぱりした気分だった。――あゆみも、ふっ切れたのだろう、と思った。

こういう経験をして、あゆみの歌も、大人になって行くのかもしれない、などと考えていると、電話が鳴り出した。

「――はい、石井です」

と、欠伸《あくび》しながら出ると、

「片岡です。石井さん、落ちついて聞いて下さい」

珍しく、片岡があわてている。

「何です？」

「あゆみが自殺しました」

――石井は、ポカンとして聞いていた。

「自分のマンションに帰って。遺書をのこしています」

「あゆみが……」

「ゆうべはそこに？」

「え……ええ」

「そうですか」

片岡は、少し間を置いて、「しかし、あゆみはあなたのことが本当に好きだったんだな……」

と、言った。

「遺書に――僕のことが？」

「いいえ、一言も」

と、片岡は言った。「両親からの金の無心、それにスケジュールがきつくて疲れたこと、もう一つは、妻子のある人を好きになってしまった、と」

妻子のある……。

「あゆみは、あなたをかばったんですよ。しかし——今さらどうにもなりませんね」

片岡の言葉に、初めて感情らしいものが聞き取れた。「たぶん、マスコミも、謎《なぞ》の妻子持ちの男を追いかけるでしょう。——あなたは、作曲家としての、コメントだけを出して下さい」

片岡の声は、また元の通り、みごとなまでに事務的な調子に戻っていた。


「——大分良くなったよ」

と、石井は肯いて見せた。

「本当ですか！」

マチ子が声を弾ませた。

「うん。良くなった。声につやが出て来た。まあ、音程はもう一つだがね」

「先生にほめられたの、初めて！」

マチ子は飛び上りそうだった。

「おい、そんなに僕はいじめたか？」

と、石井は笑ってピアノの前から立ち上った。

「帰ってから、何度も泣きました」

と、マチ子は言った。「でも、先生のことが憎らしかったんじゃありませんよ。おっしゃる通りにできない自分が情なくて」

不思議なものだ。――マチ子は、教え始めてからの三か月の間に、どんどん変って来た。

あちこちのマスコミにも新人として登場するようになったせいでもあろう。常に人の目を意識していると、顔つきや歩き方まで変って来るものだ。

しかし、それだけではない――レッスンを積んで、歌の力がつく。高い音まで、出せるようになる。その自信が、歌手を変えて行くのだ。

少なくとも、石井はそう思っていた。

「よく頑張った」

と、石井はマチ子の肩を軽く叩いた。「一休みしよう」

すると――突然、マチ子が、石井に抱きついたのである。

それは全く自然な、ほとんど無意識の行動だった。

「君……」

「先生」

マチ子は、目を閉じて、じっと石井の肩に、顔を埋《うず》めていた。――まだ子供っぽい胸の弾力を通して、心臓の鼓動が、石井に届いて来る。

娘が父親に接するのとは微妙に違い、また女が男に接するのとも、どこか違った抱擁であった。

石井は、そっとマチ子の肩に手を回した。

――ポロン、とどこか遠くでピアノが鳴ったようだった。

石井がふと目を上げる。そして、マチ子をそっと引き離すと、

「さあ。――落ちついて」

「すみません」

と、マチ子は息をついた。「何だか――よく分らなくなって」

「いいんだ」

石井は肯いた。「僕は、そこまでうぬぼれちゃいない。君の父親の年齢だからね」

マチ子は、ソファに座ると、今さらのように真赤になった。

「失礼します」

と、小川弘子が顔を出すと、「お茶でもお出ししますか?」

「大した勘だね。頼む」

と、石井は笑って肯いた。

「——先生」

と、マチ子は言った。

「何だね？」

「あの方は……奥さんですか？」

「いや、違うよ。知らなかったのかい？」

「いえ——独身だってことは、田口さんからも聞いてました。ただ……」

と、マチ子は口ごもった。

「つまり——事実上の妻か、というのかい？　君も結構ませてるね」

「あら、今の十五にしては、奥手な方です」

と、マチ子は言い返した。

「そうか」

石井は楽しげに笑った。「いや、あの人はここで働いているだけだ。とてもいい人だがね、僕にはそんな気持はない」

「そうですか……」

マチ子は、何となく、気がかりな様子だ。

「どうしたんだね？」

「いいえ……」

石井は、少し間を置いて、

「噂を聞いたか」

と、言った。「僕が女性に興味のない男だと」

マチ子は黙っていた。

「――まあ、そう思われても仕方ないかもしれないね。この年齢まで独りで過して、外に女性がいるわけでもないし」

マチ子は、真直ぐに石井を見て、

「でも、私、先生が好きです」

と、言った。

「ありがとう」

と、石井は言った。

ドアが開いて、小川弘子が入って来る。

「――君か」

と、石井は、玄関のドアを開けて、目をみはった。「どうした」

「入っていい？」

と、水田苑子は言った。

深夜だった。――二時を回っているだろう。

断るわけにもいかなかった。

死んだあゆみのことを考えると、ここへ苑子をもう一度上げるのはためらわれたが、だからといって、追い返すこともできない。

「上れよ」

と、石井は言った。

「仕事中だった？」

「まあね。しかし、そう時間はかからないから――」

明るい居間へ入って来た苑子を見て、石井はびっくりして言葉を切った。

苑子の顔に、大きなあざができていた。

「どうしたんだ？」

苑子は、手に下げていたボストンバッグを、落とすように投げ出すと、床にうずくまるようにして、泣き出した。

「――桜井が？」

苑子が肯く。――そうか。

「僕とのことを、知って、怒ったのかい？」

「いいえ……」

と、苑子は首を振った。「あなたのことは、何も言わなかった。でも知ってたかもしれない」

一度だけでしかなかったが、桜井のような男は、敏感に、他の男の匂いに気付くものかもしれなかった。

「殴ったのか」

「ええ……。いつもなら、言い争うだけなんだけど」

苑子は、ふっと息をついて、「ごめんなさい。迷惑かと思ったんだけど、他に行く所もなくて……」

「そうか。――桜井は？」

「さあ。酔って寝てるかもしれないわ」

「少し冷静になって話し合えば？」

「とてもだめよ」

と、苑子は言った。「もうあの人とは別れるわ」

「そうか……」

苑子は、じっと石井を見つめた。

「ここに……置いていてくれない？」

石井は、ためらった。苑子は首を振って、

「無理は言わないわ。ただ――置いていてくれるだけでもいい。家のことは、何でもやれるし……。別に、だからどうしてくれ、ってわけじゃないの」

石井は、疲れ切った、かつての大学の「マドンナ」を見て、胸がしめつけられるようだった。

苑子が石井の胸に身を投げ出して来る。石井は、しっかりと苑子を抱いた。

その時――。

隣の部屋で、ピアノが鳴ったのだった。

それは、はっきりと、誰かが鍵盤を叩いたような音だった。

苑子がハッと体を起した。

「誰かいるのね」

「いや――」

「ごめんなさい。考えなかったわ」

苑子は、あわただしく立ち上ると、ボストンバッグを手に、逃げるように部屋を出て行った。

——石井は、呆然《ぼうぜん》としていたが、やがて立ち上って、隣の部屋へ入って行った。

アパートから運んで来た、あのアップライトのピアノ——あゆみがプレゼントしてくれたピアノが、そこに置いてある。

しかし……なぜ鳴ったのだろう？　誰もいなかったのに。

そんなことがあるのだろうか？

しかし、鳴ったのは確かなのだ。苑子も聞いているのだから。

「——あゆみ」

と、石井は言った。「君なのか、い、い？」

「いや、何とお礼を申し上げていいのやら」

と、田口が、汗を拭きながら、言った。「おかげさまで、この子も、一人前に歌えるようになりました」

「本人の努力さ」

石井は微笑んで言った。

「先生」

マチ子が、今日はステージにそのまま出られそうなドレスを着ている。

「うん？」

「私のために、また曲を書いて下さい」

「ああ、いいとも」

「嬉しい！」

マチ子は、両手を握り合せた。

「いや、すっかり先生のファンになってしまって、この子ときたら」

と、田口は笑って言った。「明けても暮れても、先生、先生ですよ。用心して下さい。そのうち、押しかけるかもしれません」

「養子にでもするか」

と、言って、石井は笑った。

「子供扱いして！」

マチ子はふくれている。

「ああ、ところでね」

と、石井が言った。「一つ、頼みがあるんだが」

「私にできることでしたら、何でもおっしゃって下さい」

と、田口が身を乗り出す。

「うん。僕の古い知り合いで、かなりピアノを弾く女性がいるんだ。夫婦とも音楽大学出でね。亭主は音楽関係の出版社で働いている。その奥さんの方だが、何かピアノを弾く仕事があったら、回してあげてくれないか。なかなか楽じゃないらしくてね」

「そうですか。――分りました。できるだけやってみましょう」

「すまんね。腕前は保証するよ」

「他ならぬ先生のことですから、どこだって、多少の無理は通りますよ」

と、田口はお世辞を言った。「おい、マチ子、もう行くか」

「はい」

立ち上ると、マチ子は、「先生、また来ていいですか」

「ああ、何か相談したいことがあったら、いつでもおいで」

石井は、マチ子と田口を送って、レッスン室を出ようとした。

「――あら」

マチ子が振り向いて、「ピアノが鳴ったみたい」

と、言った。

「そうかい?」

「ええ……。そのグランドじゃなくて、隅の方のアップライトが」

「時々ね、あのピアノは独り言を言うのさ」

石井はそう言って、二人を促した。

重い扉を閉じようとして、石井は、アップライトのピアノに目をやると、

「心配するなよ」

と、言って、ウインクした。

扉を閉める時、ピアノが軽やかに鳴るのが聞こえて来た。

その音はいかにも幸せそのもののように、弾んでいた……。

イングリッシュホルンの嘆き

1

店が空《す》き始めて、ホッと息をつくと、可奈子《かなこ》は時計に目をやった。

古ぼけた柱時計で、たいていの客は、動いていないただの飾りだと思うらしい。でも、実際のところは、びっくりするほど正確で（もちろん、たまに可奈子がネジを巻くのを忘れると止っちゃうのだが）デジタル時計も顔負けなのである。

あ、やっぱり四時。

可奈子は、今日も勘が当ったことで、満足だった。

この名曲喫茶〈G〉でウェイトレスをやり出してから半年。客の一日の流れ、というか、多い時間、少ない時間、曜日、月の初め、半ば、終り……。

その辺のことが、やっと分って来た。

一日の中でいうと、午後四時ごろになると、店は少し空いて来る。理由はよく知らない。

働いている人間にとっては、その事実だけが大切なのである。

「可奈ちゃん。一杯いれたよ」

この名曲喫茶のマスターで、持主でもある人物――これが可奈子の叔父《おじ》である。

短大を出て、就職もせずにぶらぶらしていた可奈子に声をかけて、

「うちの店で働かないか」

と、誘ってくれた。

可奈子の家は、まあ世間の水準からいえばかなり「裕福」な方で、しかも可奈子は一人っ子だから、別に働く必要はなかったのだが、やはり、

「いくら嫁に行かせりゃいい、とはいっても、多少は世間を見るのもいいだろう」

というわけで、叔父の所なら安心だし、と……。

これで、何か勉強になるのかな、と可奈子自身は首をかしげたものだが、まあ半年働いてみて、学生のころ気楽にもらっていたこづかいの分だけ稼ごうと思うと、なかなか大変なものだということはよく分った。

足も疲れるし、注文を憶《おぼ》えるのは結構面倒だし、日に一人や二人は妙な客が来るし……。

一応、色々、感じるところも少なくなかったのである。

ところで、叔父さんが、

「一杯いれたよ」

というのは、もちろんコーヒーのことで、この店は、叔父の趣味のステレオ装置で、名曲を聞かせる、というだけでなく、その辺りに何十軒も並んでいる喫茶店の中でも、珍しく本当においしいコーヒーを飲ませるのだった。

「はあい」

可奈子は、奥のカウンターの方へ歩いて行って、可愛《かわい》いカップに入れてもらったコーヒーを、立ったままゆっくりと飲む。

労働の合間のささやかな息抜き、というのはオーバーか。

可奈子がここに勤めたのは、コーヒーが好きだというのも理由の一つだった。

「おいしい」

と、可奈子は息をつく。

実際、クラシック音楽が大嫌いなのに、コーヒーを飲みたくて、ここへ毎日来ては、耳せんをしてコーヒーを飲んで行く、という変った人もいるのだ。

「一時間ぐらいは息抜きだね」

と、叔父が言った。「何か好きなのを聞いたら？」

「はい。でも――」

と、可奈子はもう一度、時計を見て、「その前にいつもの〈ラルゴ〉」

「ああ、そうか」

と、叔父が笑った。

――名曲喫茶だから、ここでかける曲はクラシック。客のリクエストで曲を決める日とか、叔父の作ったプログラムで進める日とか、まあ、おおまかなことだけ決めて、あまり長い、一時間もかかる曲はできるだけ避けて、静かに聞き入ることのできる曲を選んでいた。

この四時ごろという空いた時間には、可奈子の好きな小曲を、よく適当に選んでかけているのだが、毎日必ずかかる曲が、一つあった。

それが――。

「あ、来た」

と、可奈子は言った。

「可奈ちゃん。お客さんが『来た』は良くないよ」

「ごめんなさい」

ペロッと舌を出した。

その女性は、いつも同じ、隅の方の、少し薄暗い席に座る。どんなに中が空いていても、そうなのだ。

「――いらっしゃいませ」

と、可奈子は、水を出して、「ご注文は?」

決っていても、必ずそう訊《き》く。それがウェイトレスの心得だ。

「ブレンドをお願い」

と、少し疲れたような声が答える。「それから、いつものをかけてもらえる?」

「かしこまりました」

可奈子が微笑《ほほえ》むと、その女性も、微笑を返してくれる。

可奈子が、小生意気でも横柄《おうへい》でもなくて、ごく自然な笑顔を見せるからだろう。

カウンターへ戻った可奈子は、

「ブレンド」

と、叔父に声をかけておいて、レコードとCDの並んだ棚へ手をのばす。

そのＣＤの位置は、もう目をつぶっていても、分るくらいだった。何しろ毎日取り出しているのだから。

ドヴォルザークの〈新世界〉。その女性がリクエストするのは、いつもその第二楽章〈ラルゴ〉だけである。

音楽が始まると、その女性は、目を閉じて、じっと聞き入っている。可奈子は、邪魔にならないように、そっと熱いコーヒーを、何も言わずにテーブルに置くのだった……。

――カウンターに戻ると、可奈子は、

「あの人、いくつぐらいかしら」

と、低い声で言った。

「うん？　どうして？」

「だって――見ても、よく分らないんだもの。時々、凄《すご》く若そうに見えたりするし、日によって、老《ふ》けてるように見えるし」

「そうだなあ。女性の年齢《とし》を、下手に当てるもんじゃないと言うからね。やめとくよ」

と、叔父は、いつものおっとりした口調で言った。

「何してる人なんだろ？　いつも一人で来るし、しゃべらないし……。ねえ、気楽な格好だけど、バッグなんか、高いの持ってるし。あれ、本物よ。といって、こんな時間にここにいて、お勤めとも思えないし……」

可奈子の言葉に、叔父は肩をすくめて、

「世の中にゃ、色んな生活があるもんだからね」

と、言った。

「うん……」

少し、不満である。――いつも私のこと、子供扱いしてる、と思う。

君はまだそんなこと、知らなくていいよ。叔父の口調は、そう言っていたのだ。

「〈家路〉か……」

と、叔父が呟《つぶや》く。

〈新世界〉の第二楽章〈ラルゴ〉に出て来るメロディは、可奈子も学校で歌ったことがある。〈家路〉という題で、歌詞をつけて歌うのだ。

でも、この楽器だけのメロディの方が、ずっといい、と可奈子は思った。

「この楽器、何だっけ」

と、可奈子は言った。

「イングリッシュホルンだよ。オーボエを大きくしたような楽器だ」

前にも聞いたんだ、と可奈子は思い出した。でも、すぐ忘れてしまう。

「――やあ、久しぶり」

店に入って来た男が、大声を出して、〈家路〉のメロディを遮《さえぎ》った。

あの席の女性が、目を開けて、ちょっとその男の方をにらんだ。

可奈子もにらんでやりたい気分。――この田代《たしろ》という男が、可奈子は嫌いである。

この近くに貸しビルをいくつか持っていて、昼間はそれを見回るのが仕事らしい。きざったらしくて、目立ちたがり。しかも当人はおよそ冴《さ》えないという、最も女の子に嫌われるタイプである。

「こりゃどうも」

叔父も、適当にあしらっているが、追い返すわけにもいかず、「コーヒーでも、どうです」

「ありがとう。ここは東京一だよ、コーヒーにかけちゃ」

と、田代は、カウンターの椅子にかけて、ちょっと可奈子の方を見ると、「それにウェイトレスもね」

お世辞は結構、とよっぽど言ってやりたかった。

ちょっとそっぽを向いていると——。

どうやら今日は、ゆっくり〈ラルゴ〉を聞けないことになっていたようだ。

あたふたと店に駆け込んで来たのは、見なれない中年の太ったおばさんで、

「あの——すいませんけどね、ここに——」

「どうしたの？」

と、声をかけたのは、あの隅の席の女性だった。

「あ、みっちゃん！　良かった。やっぱりここだったたのね」

と、その太ったおばさんが、駆けて行くと、

「あの人——けがでも？」

「そんなことじゃないの。電報が来たのよ」

「電報？」

ハッと青ざめるのが分る。「じゃ、父に何か——」

「倒れたとか、そんなんじゃないの。上京してみえるって」

「父が？」

「明日、こっちへ着くって」

「——そう」

と、すぐに立ち上って、バッグをつかみ、可奈子の方へ、「お代、置いたわ」

「はい！」

太ったおばさんを促して、急いで店を出ながら、

「何時の列車とか、書いてあった？」

と、訊いている。

可奈子が、まだ半分しか飲んでいないカップを下げて来ると、田代が、

「そうか」

と肯いた。「誰かと思った。マリアンだ」

「え？」

と、可奈子は面食らって、「何がですか？」

「うん？　いや、今出てった女さ」

「マリアン？　でも、今の人、『みっちゃん』って……」

「いいんだよ、可奈ちゃん」

と、叔父が口を挟んだ。

「そりゃ店での名さ」

と、田代がニヤニヤしながら、「ソープで働いてるんだ。何度か指名もしてやった

んだよ」

可奈子は、思わず、空《から》になったあの席へ目をやった。

ここから道路三つほど向うに、その手の店が固まっていることは、可奈子も知っている。——じゃ、あの人は……。

「二十五、とかいってるが、肌の感じじゃ、二十八、九だな。でも、結構しまってて、いい体してるんだ」

と、田代が言った。

「可奈ちゃん。悪いけど、奥からペーパーを少し出して来てくれないか」

可奈子も、田代の話を聞いていたくなかった。

急いで店の奥へ入って、息をつく。

胸がドキドキしていた。——あの女《ひと》が、ソープランドで働いているなんて！

でも、可奈子は、その仕事自体をどうこう思っているのではない。ただ、あの田代みたいな男に、お金をもらって抱かれているのかと思うと……。

何だかたまらなく辛《つら》い気持がしたのだった。

——店の方では、〈新世界〉が、とっくに第三楽章へ入っていた。

2

「今日は」

と、言われて、可奈子はとっさに、

「今日は」

と頭を下げていたが、相手が誰なのか、よく分らなかった。

ただ、どこかで見たことのある人だ、とは思ったが……。

「あ」

と、可奈子は思い当って、「お店で、いつも――」

「ええ」

と、その女性は肯いた。「いつも、ありがとう」

「とんでもないです。――あの、何か？」

「ちょっと時間をいただける？」

「ええ……」

可奈子は、出勤の途中だった。

店は午前十一時から、夜の八時までだが、帰りが遅くならないようにと、五時で帰してもらっている。

出勤は、十時から、十時半の間、といたって大まかだった。

今日は少し早目に家を出たので、時間はある。

その女性のことが、すぐには分らなかったのも無理はない。いつもは、スラックスやジーパンといった格好なのに、今日は、まるで学校へ父母会で出かける母親、という感じの、地味なスーツを着ていたからである。

「——コーヒーは、あなたのお店ほどおいしくないけどね」

小さな喫茶店に入ると、その女性は言った。「私、上原美津子《うえはらみつこ》。あなたは『可奈ちゃん』といつも呼ばれてるわね」

「可奈子です。久保《くぼ》可奈子」

「あのお店のマスターと……」

「叔父です」

「ああ、やっぱりね」

と、上原美津子は微笑んで、「とても大事にしてるなあ、と思っていたのよ」

眠そうなウェイトレスが、注文を取りに来ると、上原美津子は、

「カフェ・オレ、二つ」

と、注文して、後でそっと、「この店でコーヒー飲もうと思ったら、カフェ・オレ以外は頼んじゃだめよ」

と、言った。

「憶えときます」

可奈子は、ちょっと笑って言った。

二人は、少し、当りさわりのない話を交わした。――可奈子は、この人、いつからあそこで私を待っていたのかしら、と思った。

「実は――」

と、上原美津子が言った。「お願いがあって、あなたの来るのを待っていたの」

「何ですか？」

「私の仕事が何か……聞いてるでしょ？」

可奈子は、小さく肯いてから、

「叔父さんに聞いたんじゃありません。昨日、お店に来た田代って人が――」

「ああ」

と、上原美津子は肯いた。「知ってるわ。しつこくて、いやな人」

「私も嫌いです」

と、可奈子は言った。「でも――大変でしょうね、お仕事」

「そうね」

と、美津子は、ちょっと小首をかしげて、「まあ、昔のこういう世界みたいに、惨《みじ》めじゃないけど。中には自分も楽しんじゃってる子もいるし、色々ね」

「もう――長いんですか」

「四年かな」

と、美津子はちょっと考えて、「そう。四年と少しね。――まあ、私は、ちっとも面白いとも楽しいとも思わないけど、お金にはなるから、割り切ってる、ってところかしらね」

「いつも、あの曲を……」

「ああ、〈新世界〉？　何となく好きなの。あのイングリッシュホルンの音がね。――故郷のこと、思い出して」

「お宅でも、聞いてらっしゃるんですか」

「うちで？　いいえ」

と、美津子は首を振った。「うちには演歌のレコードぐらいしかないわ。一緒にいる男が、クラシックなんて寝言にしか聞こえないような人だから」

「ご主人ですか」

「ま、そんなもんね」

　正式に結婚してるわけじゃないのだ、と可奈子にも分った。

　それぐらいのこと、いくら世間知らずの可奈子にも分る。

「可奈子さん――いくつ？」

「二十一です」

「十代みたい」

「子供なんです。よくそう言われます。映画も高校生で入っちゃう」

　美津子は笑って、

「高校生か！　ずいぶん昔の話だわ」

　と、言った。

「あの――昨日店に呼びにみえた方は？」

「同じアパートの人なの。世話好きな人でね」

「そうですか。――何だか、お父さんが上京してみえるとかって……」

「ええ」

美津子の顔から、笑みが消えた。「そのことで、あなたにお願いがあって……」

「私に？」

「名前も知らない仲なのに、図々しいと思うでしょうね。もちろん、断ってもらって、一向に構わないのよ」

美津子の言い方には、遠慮しているようで、その実、哀れっぽいというような、いやな印象を与えるところはなかった。

ごく自然で、普通の言い方だ。

「——話してみて下さい」

と、可奈子は言った。


「ドラマみたいだね」

と、叔父は話を聞いて言った。

「叔父さん。——あの人にとっては、冗談ごとじゃないんですよ」

と、可奈子はいささか非難がましい口調で言った。

「いや、よく分ってるよ」

叔父は、いつもの通り、開店の準備をしながら、「しかし——僕に相談されてもね」

「だって、お父さんの弟でしょ」

「そりゃそうだが」

「お父さんに私が頼んだって、ＯＫしてくれっこないと思うわ」

「じゃ、僕が言っても――」

「いいえ！　叔父さんのことは信用してるし、私のこと、預けてるんですもの。きっと大丈夫だと思う」

「うーん」

と、叔父は考え込んだ。

「叔父さん、お願い」

と、可奈子は手を合わせた。「可愛い姪《めい》のためじゃないの」

自分で「可愛い」って言うのも、ちょっとおかしかったかもしれない。

「――そうだね」

と、叔父は息をついて、「じゃ、話してみよう」

「ワーイ！」

と、可奈子が飛び上る。

「ただね――」

と、叔父は真顔で、「あの女《ひと》は、悪い人間じゃないと思うよ、僕も。しかし、その一緒にいる男ってのが、ちょっと心配だ」

「心配って？」

「よく、女の稼ぎで、遊んで暮してるヒモってのがいるからさ。その方から、お父さんに迷惑がかかると困る。その辺を、きっちり言っておかないと」

可奈子は、そんなこと、考えもしなかった。

「分ったわ。あの女の人に言っとく」

叔父は、カップを拭きながら、

「しかし、まるでTVドラマだね。父親に本当の仕事を知られたくないから、一日だけOLをやらせてくれ、なんて」

「お父さん、足を悪くして、ずいぶん長いこと、一人暮しなんですって」

「奥さんは？」

「大分前に亡くなって。——あの女《ひと》、一人っ子なので、ずっと送金してるらしい」

「そりゃ、楽じゃないね」

「普通のOLもやったけど、とても家に送金する余裕がなくて、結局今の仕事に……。お父さんは働けなくて、まるまる送金に頼って生活してるらしいわ」

「ふーん。で、どうしてわざわざ上京して来るんだい？」

「よく知らないけど、一度会いたくなったんじゃないの？」

「そうか……」

叔父は、何やらまた考えている様子だったが、「──じゃ、ともかく、電話してみようか、兄さんの所へ」

「お願い！」

と、可奈子はホッとして、言った……。


「お前も、妙な知り合いがいるもんだな」

と、父は可奈子に言った。

「いいでしょ。うちの大切なお客様なんだから」

「名曲喫茶の大切な客ったって、知れてるだろう」

と、父は苦笑した。

「いいじゃない。ＯＫしたんだから、つべこべ言わないで」

可奈子は強い。何といっても、一人っ子の可奈子には、父も甘いのである。

「それにしたってな……。秘書の父親が上京して来たからって、夕食をごちそうするなんて、聞いたことがない」

「いいの。ちゃんと話を合わせてよ」

可奈子は腕時計を見て、「七時半よ。そろそろみえると思うわ」

——ここは、可奈子の一家がよく利用するレストランである。

一流ホテルの中にあって、もちろん高いが、静かで、しかもそう固苦しくはない。

可奈子も、おいしいものは好きだが、フランス料理の店で、いちいち講釈を聞かされながら、ありがたがっていただくというのは、ごめんである。

上原美津子は、可奈子の父が、秘書ということにして、父親ごと食事に招いてくれると聞いて、涙ぐむほど喜んだ。

可奈子も、父の照れくさそうな顔を見て、頼みを聞いてあげて良かったでしょ、と言ってやりたかった……。

可奈子の父は、かなり名の知れた企業の取締役である。秘書の一人ぐらいいても、おかしくない。

しかし当人は、

「そんなものがいると、却《かえ》ってうるさい」

と言って、断っている。

可奈子が割合に遅い子なので、もう五十代の半ばだが、見るからにエネルギッシュで若々しい。これで頭の毛がもっと多ければ四十代でも通用するかもしれない……。

「本当に来るんだろうな」

と、父はもう何杯目かのシェリーを飲みながら言った。

「あちらのお父さんは足が悪いのよ。少しは遅れても仕方ないわ」

可奈子は、父に、「名前、ちゃんと憶えてる？」

と、念を押した。

「上原……何だっけ？」

「美津子！　もう、お父さんったら」

「大丈夫だよ。『上原君』で通せばいいさ」

店のマネージャーがやって来て、

「上原様がおみえでございます」

と、告げた。

——上原美津子は、可奈子が昼間会った時よりもさらにきりっとした、いかにも秘書然としたスタイルで、やって来た。

杖《つえ》をついて、美津子に支えられるようにしてやって来るのは（実際は可奈子の父と同年輩のはずだが）どう見ても六十代の、髪のすっかり白くなった老人だった。

一応、きちんと背広は着ているが、どうにも体に合っていない。

「遅れまして」

と、美津子は言った。

「いや、こっちも今来たところだ」

と、可奈子の父は気軽に言って、立ち上った。「久保です」

「これはどうも……」

と、美津子の父は、深く頭を下げたが、そのせいで、よろけてしまった。

「父ですの。――こちらが、私の上司の久保さんと、お嬢様よ」

「挨拶《あいさつ》はいい。ともかく席について下さい」

「失礼をいたします」

と、老人は、椅子にかけて、やれやれ、というように息をついた。

「お疲れでしょう。――上原君、今日の議事録は、明日届けておいてくれよ」

「はい、手配してあります」

――その調子。可奈子は内心ニヤニヤしていた。

お父さん、なかなかやるじゃない！

「いや、いつも彼女のおかげで助かっています。何しろ、私はえらく無精者《ぶしょうもの》ですのでね」

と、父は言った。「何か飲むものを？――それからメニューを持って来させましょう。何でもお好きなものを」

「いや……」

上原老人は、すっかり恐縮の様子で、「いつも美津子がお世話になっておりますのに、その上、こんなことまでしていただいては……」

「なに、普段の労をねぎらうのに、いい機会ですから」

と、父がメニューを広げる。

可奈子も、メニューを手に取った。

「今日は何がいいのかな？」

と、父がマネージャーに訊いている。

上原美津子の方は、父親に、

「何がいいかしら。――あんまり脂《あぶら》っこくないものね」

と、話しかけていたが……。

「私、今日は鹿の肉にしよう」

と、可奈子は言って、父の方を見た。

父が、何だかぼんやりしている。メニューを開いているが、目はその文字を見ていなかった。

美津子を見ているのだ。――いやだ、お父さんたら。自分の秘書を、そんなにジロジロ見る人がありますか？

「私は鹿。お父さんは？」

と、声をかけると、父はハッと我に返ったように、

「あ――いや、そうだな。私もそれにしよう」

何だかいい加減な調子で言った。

食事そのものは、順調で、会話も当りさわりなく、ボロの出そうなこともなかった。

ただ、注意して見ていると、やはり父がちょくちょく美津子の方へ向ける目が、どうも気にかかった……。

「――いや、すばらしい味でした」

と、上原老人が言った。「こんなものは、一生に二度と食べられんでしょうな」

「お父さんたら」

と、美津子が茶化して、「大げさなんだから」

父の手から、ナイフが落ちて、皿の上に、大きな音をたてた。

「おっと——失礼」

と、父があわてて言った。

顔が真赤になっている。

いやね、何してんだろ、と可奈子は、ちょっと顔をしかめた。

「ちょっと失礼します」

美津子が席を立った。

可奈子は、父が美津子の後ろ姿を見送っているのを眺めていたが……。父が、何かを呟いた。

小さな声でよく聞こえなかった。——何と言ったんだろう？

「——ところで、お一人ではご不自由ではありませんか？」

父が、美津子の父親に話しかける。

可奈子は、皿に残っていた鹿肉の最後の一口を、フォークで刺した。

その時——分ったのだ。父が何と呟いたのか。

かすかな声だったが、口の動きは、はっきり、こう言っていた。

マリアン、と。

3

「本当にありがとうございました」

と、美津子の父親が、何度も頭を下げ、「娘をよろしくお願いいたします」

「ご心配なく。お気を付けて。――上原君、どちらにお泊りなんだ？」

レストランを出た所で、父は言った。

「こちらでごちそうになるので、それならと思って、このホテルに部屋を取りましたの」

「それはいい。じゃ、部屋までお送りしてくれ」

「はい」

「また――明日な」

「はい。それでは……」

美津子が、父親を支えるようにしながら、歩いて行く。その後ろ姿を、可奈子は父と並んで、見送っていた。

エレベーターに乗る前に、美津子の父親は、また可奈子たちの方へ頭を下げた……。

「――さて」

と、父が息をついて、「帰るか」

「うん」

可奈子は、「お父さん、ありがと」

と、言った。

「いいさ。たまには人助けも」

と、父は笑った。

タクシーに乗って、家へ向いながら、何となく二人は黙りがちになっていた。

可奈子にとって、ショックでなかったわけではない。父がそんな所に行ってるなんて、思ったこともなかったからだ。

でも――その一方で、可奈子はどこかホッとしているようでもあった。

「可奈子」

「うん？」

「あの女《ひと》は……ただの客なのか」

「いつも、夕方の四時ごろ来るの。そして、必ず、〈新世界〉の第二楽章をかけてくれ、って頼むのよ」

「〈家路〉か」

父がすぐに言った。――父は音楽に、およそ趣味のない人なのだ。あの「マリアン」から、そう聞いていたのではないか……。

「故郷のこと、思い出すんだって」

「なるほど……」

「男の人と暮してるのよ」

「男と？」

「でも、ヤクザとかじゃないのよ。夜学に通ってる大学生。今、二十三で、面倒みてあげてるんだって」

「ふーん」

父は、腕組みをした。「何の仕事をしてるのか、知ってるか？」

「叔父さんが言ってた。ソープ嬢っていうのね。――でも、色々、あるんじゃない？いい人よ」

「うん」

「そう思わない？」

父は、微笑んで、

「ああ。思う」

と、肯いた。「きっと、人の面倒をみたりするのが好きなんだろうな」

「そうね。——いい奥さんになれると思うんだけどな。その大学生は、卒業したらあの人と一緒になるって言ってるんですって。でも、あの人は、いやだって」

「どうして？」

「同じ男の面倒をずっとみてると飽きるのよ、って笑ってた」

「そうか。——やめられないんだろうな、その仕事を。父親への仕送りと自分のことだけでも、金がかかる」

「そうね。私みたいなウェイトレスじゃ、とても仕送りなんて」

「それどころか、給料をもらってるくせに、こづかいを持って行くじゃないか」

と、父は笑った。

「——あ、いけない！」

と、可奈子は口に手を当てた。

「どうした？」

「あのお父さんに、渡そうと思って買っといたんだ、プレゼント」

ハンドバッグを開けて、「出すの忘れちゃった」

「プレゼントまで買ったのか」

「いいでしょ。私のお給料なんだから」

「どうする？　戻るか」

「うん。渡して、すぐ戻って来るから」

「分った」

タクシーはUターンした。少し雨が降り始めている。


「上原様……ですね。六階の六〇三となっております」

「六〇三ですね。ありがとう」

可奈子は、フロントからエレベーターへと急いだ。

まだあの女《ひと》も一緒にいるのだろうか？

もちろん久しぶりだし、話も色々あるだろう……。

何だか、自分が邪魔をするかもしれないと思うと、可奈子は、ここへ来て迷ってしまった。しかし、エレベーターはすぐに六階へ着く。

「これを渡すだけなんだもの……」

と、自分へ言い聞かせて、六〇三のドアを捜す。「――ここだわ」

ドアをノックしようと手を上げると、

「いい加減にしてよ！」

と、甲高《かんだか》い声が中から聞こえて来て、ギクリとする。

「ついこの間じゃないの、五十万も送ったのは！」

上原美津子の声だ。しかし、同じ人の声とは思えないくらい、苛立《いらだ》って、叩きつけるようだった。

「そりゃそうだ――。すまんとは思ってるんだよ」

父親の、力のない声が答えた。「でもな……この前の金は、借金を返して、ほとんどなくなっちまった。分るだろう？　何しろ、あそこはあちこちいたんでる……」

「いつまでも、あんなボロ家に住んでるからよ！　お金ばっかりかかって、便利でも何でもなくて――」

「しかしなあ、あそこは母さんが気に入ってた家だ。――お前には悪いと思うが、あの家を捨てるわけには……」

――しばらく、何も声がなかった。

可奈子は、息を殺して、ドアの前に立ち、耳を澄ましていた。

いけない、とは思ったが、足が動こうとしない。

「分ったわ」

と、美津子の声がした。「いくらあれば、足りるの?」

「うん……。もう、布団がだめになっていてな。本当は畳もかえたらどうだ、と大分前から言われてる。だが、そいつはまだ辛抱してりゃいいことだし——」

「いくら?」

「そうだな……。七、八十万あれば、当分は大丈夫だと思う」

「当分は、ね」

と、美津子はくり返した。「そう願いたいわ」

「お前ばっかりに苦労させて、すまんな」

「よしてよ」

美津子は、少し落ちついた声になって、「もう、柿《かき》はなった?」

「ああ、あの木は、いつまでも元気だ。こっちも見習いたいよ」

「——いつか、すっかり借金もなくなったら、あの家に帰って暮すわ」

と、美津子は言った。

「お前……。しかし、あんな田舎に引っこむ気か」

「あの、退屈さがね、最近は懐しいの。——東京には疲れたわ」

「そうか」

「あの家を大事にしてね。私が帰るまで、ちゃんと、母さんのいたころのままに……」

「ああ。人を頼んで、たまに掃除に来てもらえるよ、それだけの金があれば」

「何とか、百万、都合して送るわ」

「そんなに、お前――」

「その代り、畳もかえて、きれいにしておいてよ」

「ああ。――そうしよう」

と、父親が言って、「あの、久保さんって人、なかなか良さそうな方だな」

「ええ。話の分る、よくできた人よ」

美津子は、「もう帰るわ。明日、何時の列車？」

「二時過ぎだったな」

「じゃ、十二時のチェックアウトまで、ゆっくりしてるといいわ。私、その少し前に来るわよ」

「分った。こんな高い部屋を、すまんな」

「一泊だけでしょ。私のアパートじゃ、不便だからね、列車に乗るのに」

出て来る。——可奈子は、ほとんど無意識に、エレベーターと反対の方へと駆けていた。

角を曲って、すぐにドアの開く音がした。

「——じゃ、お父さん、気を付けてね」

「ああ。また明日な」

「そうだったわね。何だか、いつもつい、当分会えないような気がしちゃう」

と、笑って、美津子は、歩いて行った。

ドアの閉る音。

可奈子は、つめていた息を、やっと吐き出した。——五十万も百万も。いくら古い家をきれいにするといったって……。

いくら借金をかかえているのか知らないが、そんなに送っていたら、いつまでたっても、あの女《ひと》、今の仕事をやめられないのじゃないかしら？

可奈子は、父に頼んで、こんなお芝居をしたのは、間違いだったんじゃないか、という気がしていた。

あの父親に本当のことを——娘が、一流企業の秘書なんかでなく、本当はどこで働いているかを、はっきり教えてあげるべきじゃないだろうか。

そうすれば、あの父親だって、何か違う方法を考えるのではないか……。

しかし、そこまでは可奈子が口を出すことではない。

可奈子は、エレベーターの方へと歩いて行った。美津子の父親の部屋をチラッと横目で見て、そのまま歩いて行くとエレベーターが停って、四十歳ぐらいの、やせた、派手な化粧の女が降りて来る。

すれ違った時、安い香水の匂いが鼻をついた。

可奈子が、エレベーターのボタンへ手をのばした時、その女が、ドアを叩く音がした。

「私よ」

「おお」

ドアが開いて、女が中へ入る。――可奈子は、当惑した。どう見ても、美津子の父親の部屋だったからだ。

可奈子は、またあのドアの前まで戻っていた。

「ぜいたくなもんね」

と、女の声がした。「どうなったの、お金のこと?」

「うん。何とかなりそうだ」

「いくら」

「百万、都合すると言ってたよ」

「へえ！　上出来ね。百万ありゃ、お店の中を少し直せるわ」

お店？　何の話をしてるんだろう？

「――押出しのいい、立派な紳士の秘書だと言ってた」

「秘書？　じゃ、きっとそいつとできてんのよ」

「美津子が、か？」

「決ってるわよ。あんたが上京して来た、っていうのに、自分の住んでる所は見せもしないで、こんな高いホテルを取って。すぐピンと来たわ。男がいるのよ」

「もう子供じゃないさ」

「そんなの分ってるわよ。だから、もっとつっつきゃ、まだ出すってこと」

「これ以上は……」

「どうせマンションでも買ってもらって、お手当もくれて……。あんたの娘、美人だもん、甘えりゃ、男だって金を出すよ」

「しかしな――」

と、美津子の父親が言った。「あいつ、金は、家の改装に使っとると思ってるんだぞ」

「家にゃ違いないよ」

と、女が笑った。

「そのうち、帰る、と言ってた」

「帰れやしないよ。一旦《いったん》こんな所に住んじまったら、あんな田舎に」

「そうかな……」

「大体もう、影も形もない家をどうやってきれいにするの?」

「そりゃそうだ」

と、笑う声。

「うちも苦しいからね。カラオケの設備も、新しくしたいのよ。他の店に客をとられちゃって……。お風呂、入ろうかな」

「ああ。明日、昼ごろ来ると言ってた」

「じゃ、今夜はゆっくりできるわね。——ねえ、一緒に入る?」

美津子の父親が、笑い声をたてた……。

——可奈子は、どうやってホテルの正面玄関まで出たのか、自分でもよく分らなかった。

「遅かったな、可奈子」

と、父が、待たせたタクシーのドアを開けて、「さ、行こう。──ちゃんと渡せたのか?」

可奈子はタクシーが走り出すと、泣き出した。

「おい……。どうしたんだ?──可奈子! どうして──」

可奈子は、父親の胸に身を投げかけて、泣いた……。


「──どう思う?」

と、可奈子は、叔父に言った。

四時になる。──店は、空いて来ていた。

「話した方がいい?」

「どうかな」

と、叔父は言った。

「だって──騙《だま》されてんのよ、あの女《ひと》!」

可奈子は、今でも声が震えた。「何てひどい! あれで父親なんて!」

「世の中にゃ、色んな人間がいるのさ。可奈ちゃんには、いいお父さんがいるがね」

「うん。――そう思う」

店の戸が開いた。

上原美津子が入って来て、いつもの席へつくのを、可奈子はじっと目で追っていた。

「叔父さん――」

「可奈ちゃんが決めな、いいと思うように」

可奈子は、先に、〈新世界〉のCDをかけて、第二楽章の〈ラルゴ〉を流してから、水を持って行った。

「いらっしゃいませ」

「コーヒーをね。――昨日はありがとう、色々」

「いいえ」

可奈子は、その場に立ったまま、あのイングリッシュホルンの調べに聞き入っている美津子を、見つめていた。

声をかけようとして――ためらった。

イングリッシュホルンの調べを遮るのは、彼女にすまないように思えたのだ……。

カウンターへ戻って、

「ブレンド」

と、言ったが……。「叔父さん、どうかしたの?」

叔父が、手もとのポータブルラジオのスイッチを切った。——顔が青ざめている。

「寝過したんだよ」

「え?」

「二人とも……。昼過ぎまで眠っちまったんだよ、きっと」

「じゃ……」

可奈子は、店に入って来た二人の男に気付いた。——店の表で、あの太ったおばさんが、泣いている。

二人の男は店の中を見回すと、美津子を見付けて、肯き合った。

「あの——」

可奈子は、我知らず、男たちの方へ駆け寄っていた。「少し待って下さい」

「何だって?」

「この曲が終るまで、待ってあげて下さい」

二人のうちの一人が、ふと微笑んで、

「ああ、〈家路〉じゃないか」

と、言った。

イングリッシュホルンの音色は、すすり泣いているようだった……。

シンバルの鳴る夜

1

音楽は聞くものだと思っている人間がいる。

とんでもない話だ！

ベートーヴェンだって、モーツァルトだって、自分の音楽を「音だけ聞く」人間がいるなどとは思ったこともなかっただろう。

将来、音だけを四角い箱に閉じこめて人に聞かせる装置が現われるなんて、いかに想像力豊かなワグナーだって、考えなかったに違いない。

レコードなんてものがあったら、果たしてベートーヴェンはあの数々の名作をかいたかどうか。——何しろ、彼の傑作のほとんどは、耳が聞こえなくなってからのものなのだから。レコードでみんなが音楽を楽しんでいるのに、自分には何も聞こえない、となったら、あの怒りっぽいベートーヴェン、やけを起して大酒を飲んで早死にしていたかもしれない……。

ま、それはともかく――音楽、特にオーケストラの音楽こそ、目で見て面白いものなのである。

特に私の位置からは、まことによく、オーケストラが見渡せる。――申し遅れたが、私は今、このオーケストラの指揮を取っている指揮者である。

オーケストラも人間の集まりである以上、そこには色々ドラマがある。

たとえば――第二ヴァイオリンの三列目の二人は夫婦だが、ゆうべ夫婦喧嘩《げんか》をやらかしたらしい。それとも（こちらの可能性の方が高いが）亭主の方が、このところ、ハープの女の子に色目をつかっているので、女房が頭に来ているのかもしれない。

何しろ全然目を合わせようともしないし、本当なら、私から見て右側の席の女房の方が譜面をめくる役なのに、一向にめくろうとしないので、仕方なく亭主の方がめくっている。

他のメンバーも、事情を知っているらしく、その光景を横目で眺めてニヤニヤしている……。

それに、ホルンの第二奏者。ゆうべは徹マンか、飲み過ぎか。ともかく欠伸《あくび》ばかりしている。——挙句のはてに、コックリコックリしだして……。おい！　いい加減にしろ。

隣のホルン首席に突っつかれてハッと目を覚ましている。全く、しようがない奴《やつ》だ！

第一ヴァイオリンの一番後ろの列の奏者は、さっきから二度も弦を切って、舞台から引っ込んでいる。——オーケストラの団員が貧乏なのはよく分っているが、古い弦をいつまでも使うなよ。

同じ奴が二度も弦を切ったというので、客席で、ヒソヒソ囁《ささや》き合っているのが分る。指揮者の耳は鋭いのだ。

今度弦が切れたら、おそらくドッと笑いが起るだろう。——頼むぜ、全く。

ただでさえ、みんな曲の方には退屈している——と言っちゃいけないのだが。

しかし、今日の客の九八パーセント以上は、後半に私の指揮するマーラーの交響曲を聞きに来ているのである。九割はチケットが売れているというのに、七割方しか席が埋っていないのも、前半の「現代物初演」をパスしようという客が少なくないことを示している。

正直なところ、私も、旧知の友人の作曲家に頼まれなければ、この曲を振ろうとは思わなかったに違いない。楽壇の大物の息子である彼は、この曲で、何とかいう（名前も憶《おぼ》えていない）賞をもらった。

その審査員の十人中八人が、彼の父親の弟子なんだから、まあ、受賞は初めから決っていたようなものだ。

それにしても……。たった一つのテーマを、考え詰め、考え詰めて、あの〈第五交響曲〉をかいたベートーヴェンの情熱は、この時代には求むべくもないものなのだろうか？

何しろ、今振っているこの新作は、〈オーケストラとシンバルのためのソナタ〉というのだが、大体、シンバルというものは、オーケストラの中にもともと含まれているものである。

このタイトルからして、シンバルが大いに活躍するだろうと、誰もが想像するに違いない。ところが――何とシンバルは曲の最後の最後で一回、バァーンと鳴るだけなのだ！

もはや音楽は「肩すかし」を「粋《いき》」ととり違え、「不真面目《ふまじめ》」を「ユーモア」と勘違いした、とんでもないものと化してしまったのだろうか……。

肝心のシンバルを叩く奴も哀れなものだ。

たった一回のバァーンのために、十七、八分もの間、じっと椅子に座ってなきゃならない。

音楽する喜びをオーケストラの団員に与えようという作曲家はいないのだろうか?

やれやれ……。グチったところで仕方ない。

ともかく、曲はやっと終りに近付いていた。指揮しているこっちも、欠伸が出そうである。

そろそろシンバルの出番が近付いて来た。

——長い間ご苦労さん、やっと出番だよ。

おい。——おい!

私は青くなった。シンバルの奴、じっと腕組みして動かないと思ったら、眠ってる!

冗談じゃない、起きてくれよ。いくら何でもこれでシンバルが鳴らなかったら……

それこそ大爆笑である。

シンバルを打つ打楽器奏者は、一番後ろにいる。だから、誰も気付かないのだ。

頼む! 起きてくれ!——あとスコアにして一ページしかない。

私は、必死で顔をしかめて、シンバルの前にいるファゴット奏者に合図した。――気が付け！　早く！

ファゴットの奴がキョトンとして私を見ている。当然だ。もうファゴットの出番はないはずなのに、私がしきりに指さしているのだから。

後ろだよ、後ろ！　叩き起せ！

――ファゴット奏者がチラッと後ろを振り向いて、やっと事態をのみ込んだ。私の方へかすかに肯いて見せる。

ファゴットの筒《つつ》は長い。それをそっとかかえて、後ろの「シンバル屋」の足をつっついた。

ハッと目を覚ます。――やった！

馬鹿《ばか》め！　キョロキョロしてやがる。

私の凄《すご》い視線と目が合って、やっと己れの立場を悟ったらしい。

早くシンバルを取れ！――やれやれ、間に合った。

オーケストラが、盛り上り、何となく終りそうだな、ということが客にも分ったらしい。ホッと息をつく者、目が覚める者……。

シンバルを持った奏者が、ブルブルッと頭を振った。

間違えるなよ……。この曲の唯一の「音楽らしい」ところなんだからな！

私は、少しテンポを早くして、クライマックスを作って行った。――よし！　構えろ！

シンバル奏者が、こっちをじっと見つめる。

いいか――一、二――。

曲は、思いもよらぬクライマックスを迎えることになってしまった。

シンバルが、今まさに打ち鳴らされようとした時、突然、客席に、女の声が甲高《かんだか》く響き渡ったのである。

「やめて！」

その声は、オーケストラの響きを圧した。「シンバルを打たないで！」

シンバル奏者が唖然《あぜん》とした。オケのメンバーも。

かくて――新作初演は、第二の〈未完成〉になってしまったのである。

2

巨大なティンパニーが空中で乱打されたようだった。

「雷か」

と、私は言った。

「雨になるわね」

と、妻の久子《ひさこ》が前方から目をそらさずに言う。

そらされては困るのだ。――車を運転しているのは、久子なのだから。

真暗な夜道――それも、かなり深く山の奥へと分け入って行く道でも、久子は一向に怖気《おじけ》づく様子がなかった。

運動神経も抜群にいいのだが、初めての場所でも、道がどう続くのかを直感的に察知する才能を持っているらしい。

私が、複雑なマーラーのスコアの中へと分け入って行くように、だ。もっとも、そう言うと、久子は必ず反論する。

「あなたが指揮を間違えたって、別に人が死んだり重傷を負ったりするわけじゃないでしょ」

まあ、ある意味では久子の言うことも、もっともである。

何しろ私は運転免許を持っていないのだ。世の中に、指揮者の数と、車の免許を持っている人間の数を比較したら、当然、後者の方が、はるかに多いに違いない。しかし、私にはどうしてこんなに大きな物を苦もなく操れるのか、不思議でならないのだ。

指揮者、谷原清士《たにはらせいじ》として、音楽の世界では、四十一歳の若さで世界を駆け回る「天才」と呼ばれている私も、こと、外出する時には妻のご機嫌を取って車を出してもらわなくてはならない。

全く、世の中というのは……。

「もうそろそろよ」

と、久子は言った。

「しかし、君も初めてだろう。もうそろそろって、どうして分るんだ?」

と、私は言った。

とたんに、助手席にいる私の目にも、人家の明りが前方に見えて来るのが分った。

「ほらね」

と、久子は言った。

全く、こういう勘にかけて、久子は人間離れしている。

久子は私より九つ年下の三十二歳。結婚して七年。——あるオーケストラのヴィオラをひいていた彼女を、私はいわば「引っこ抜いた」わけである。

まあ、指揮者として率直に言わせてもらえば、久子はヴィオラ奏者としてよりは、妻として、また運転手として（亭主の運転も含めて）の才能の方が、遥《はる》かに大きかったのだ……。

子供はいないが、久子は二十五歳のころと少しも変らず、若々しくて、可愛《かわい》い。多分に男女関係でトラブルの起きやすい商売ながら、至って私たちの間はうまく行っていた。

「――凄い屋敷」

と、久子は言った。

山の奥に、それはまるで怪奇映画のセットみたいな趣《おもむき》で、突然現われた。古びた洋館。――何十年もたっているだろう。

「何だかホラー映画みたいね」

と、久子が言った。

「怪奇映画」と言わずに「ホラー」と言うところが、久子と私の世代の差を現わしているのかもしれない。

「――着いたわ」

堂々とした太い柱に支えられた玄関前の車寄せに車を入れると、まるで待ちかねていたように、激しい雨が地面を叩き始めた。

「――では、あの時の叫び声が?」

私は、コーヒーのデミタスカップを手にして、目を丸くした。

「本当にお恥ずかしい話です」

と、香取佐和子《かとりさわこ》は言った。「あのコンサートを台無しにしてしまったお詫《わ》びをと思いまして、こうして……」

――夕食は、すばらしかった。

こんな山奥の屋敷で、本格的なフランス料理にお目にかかれるとは、思ってもいなかったのである。

久子は、いくら甘いものを食べても太らないという、羨《うらやま》しい体質で、夫が忙しく海外を駆け回っている間、東京中のレストランのツアーをやって歩いているのだが、その久子にしても、大いに今夜の食事には満足している様子だった。

「おい」

居間で、寛《くつろ》いでいた私たちの所へ、香取安成《やすしげ》が顔を出した。「ちょっと送って来る」

「ええ。ひどい雨だし、気を付けて」

「大丈夫だよ」

この屋敷の主人、香取安成は、五十近いはずだが、髪がほとんど白くなっていることを除けば、至って童顔で、「いい家の坊っちゃん」がそのまま成長したという雰囲気であった。

「あの、どなたか……」

と、久子が、気にして言いかけると、

「あの料理を作ってくれた方です」

と、香取佐和子が言った。

「まあ、それじゃ、料理人を外から――」

「よく知っているシェフで……。父の代から、何か大事な催しなどの時には頼んでいたんですの」

「そんな方をわざわざ、私どものために？　恐縮ですね、全く」

と、私は思わず言った。

「いいえ。指揮者としての、谷原さんのキャリアにとんだきずをつけてしまったのではないかと気になって……」

「とんでもない。――あのまま曲が終って、やっと終ったか、という拍手をパラパラもらうより、良かったかもしれません」

「まあ」

と、佐和子は笑った。

私とほぼ同年代のはずだが、いくらか彼女は老けて見えた。こういう場所に引込んで暮らしているせいかもしれない。

しかし、物腰の優雅で、滑《なめ》らかなこと、動作といい、言葉づかいといい、おっとりしていて、急がないところは、元子爵の家柄の令嬢というイメージにぴったりだった。

古ぼけた、私より背の高い時計が、少しくすんだ音で、十一時を告げた。

「今夜はお泊りいただけますわね」

と、佐和子が言った。

「二日間ほどは予定もありませんので、私たちは構いませんが、ご迷惑では――」

「とんでもない。主人も私も、お客様がみえるのを楽しみにしているのですから。それに、この古ぼけた家も、部屋だけは充分に余っておりますから」

「すてきですわ」

と、久子が言った。

お世辞ではない。都心のマンション住いの身にとって、こういう屋敷には、憧《あこが》れをかき立てるロマンの香りがあるのだ。

「しかし――」

私は、ソファで寛ぎながら、「どうしてシンバルを打つな、とおっしゃったんですか？　まあ、あれはいかにも退屈な作品ではありますが」

「いえいえ」

と、佐和子は急いで首を振った。「作品や演奏の良し悪《あ》しとは全く関係のない話なんですの」

「では――」

「あなた」

と、久子が私の腕をつついて、「無理にお訊きするもんじゃないわよ」

「いいえ、よろしいんです」

佐和子は、立ち上った。そして、マントルピースの方へ歩いて行くと、写真立てに入ったキャビネ判ほどの大きさの二枚の写真を手にして戻って来た。

「これは私の息子です」

と、差し出された一枚を見る。
十二、三歳か、いかにも利発な感じの、目をキラキラ輝かせた少年が微笑んでいる。
「まあ可愛い」

と、久子が声を上げたのは、全く妥当な感動の表現だったろう。

「笑ったところが、よく似ていらっしゃるんですね」

と、私は言った。「今、おいくつで――」

「亡くなりましたの」

と、佐和子は言った。「十二歳でした。その写真を撮《と》った半年後のことです」

「それは……失礼しました」

と、私は言った。

招待されたからには、少し香取夫妻のことを、誰かに訊いて来るべきだったのだ。といって、私たちは、まるで知らない人間の招待に気軽に応じたわけではない。香取夫妻は、あのオーケストラの貧しい財政にとって、少なからぬ援助をしてくれているスポンサーなのである。

「いいえ、このことは、よほど親しい方にしか、お話ししていません」

と、佐和子は言った。「主人も、あまり話さないようにと申すのですけど……。ただ、この間の失礼を許していただくには、やはりお話しするしかない、と思ったものですから」

私は、別に失礼などと、とんでもない、と言おうとしたのだが、久子にギュッと足を踏まれて、目をむいた。

久子は、すっかり香取佐和子の話に、好奇心を刺激されているのだ。

十二歳で死んだこの家の息子と、シンバルと、どんな関係があるというのか。――

確かに、それは興味をそそる取り合せだった。

「こちらの写真をご覧になって下さい」

と、佐和子が差し出したもう一枚の写真は、大分古くなって、少し色もあせて来ていた。

十四、五歳と思える、少年少女たちが寄り集まって、手を振ったり舌を出したり、思い思いにカメラに向っている。

「――これ、奥様ではありません？」

と、覗き込んでいた久子が、際立って可愛い一人の少女を指して言った。

「まあ、よくお分りですね」

と、佐和子が微笑む。

私は、びっくりしてしまった。確かに、そう言われて見れば、そう見えるが……。

「この、端で照れくさそうにしているのが、主人です」

と、佐和子は言った。「父はこの家に、毎年クリスマスになると、主だった親類を全部集めて、パーティを開いたんです。——もちろん、父が亡くなってからは、開かなくなりましたし……。それぞれ、色んな人生がありましたから」

香取佐和子は、ちょっと沈んだ声で言った。

「ご主人も、ご親戚《しんせき》だったんですか？」

と、久子が訊いた。

「ええ。といっても、かなり遠縁で。ただ、近くに住んでいたのです。主人は養子で、このころは、松永《まつなが》という姓でした」

あの夫が養子だということは、私も聞いていた。

「——それで、この写真が何か……」

と、久子が促すように言った。

さっきは、無理に訊くな、と言っておいて！

「ええ。——この写真の後ろに立っている男の子を見て下さい」

そう言われて、初めて私はその少年に気が付いた。

妙な話だが、その少年は、目立たないように、ひっそりと立っていたのである。

他の子たちのように笑っても、はしゃいでもいない。ただ、少し頭を斜めに傾けて、視線も、カメラの方ではない、どこか遠くを見ていた。

「――この子は、純男《すみお》といいました」

　と、佐和子は言った。「やはり遠縁の子で例年のパーティにはあまり顔を見せませんでした。この時は四、五年ぶりでやって来ていたのです」

「何だか――少しぼんやりした感じの子ですね」

　と、久子が言った。

「ええ。――五つの時、高熱を出したのがもとで、脳に何か障害を受けていたのです。この時、十二歳でしたけど、知能は五、六歳というところではなかったでしょうか」

「なるほど」

「でも、純男は、悪い子ではありませんでした。おとなしいし、優しい子で、体はご覧の通り大きかったのですが、決して乱暴なことはしませんでした……」

　佐和子の口調は少しずつ、私たちに語るというより、自分自身に向って話しているようになって来た。

「本当に――子供というのは残酷なものですわ」

　と、佐和子は言った。「また、ここに集まったみんな、残酷なことを、それと知らずにやる年代だったのです……」

3

「あなた」

久子がハッと起き上った。

「——どうした?」

と、私は目を覚まして訊いた。

いや、目を覚ました、というのは正確ではないかもしれない。久子が起き上るのをちゃんと見ていたのだから、いくらかウトウトしてはいても、眠っていたのではなかったのだろう。

「何か——聞こえなかった?」

と、久子はじっと耳を澄ましている。

「何か、って?」

「何だか——シンバルの音が聞こえたみたいだったの」

「よせよ」

私は苦笑して、「あの奥さんの話のせいでそんな気がするだけさ」

「そうね……」

久子はまたベッドに横になった。

「それに、こんな嵐《あらし》の夜だ。古い屋敷だし、色々音がしても不思議じゃないよ」

「そりゃそうだけど」

久子は、納得しがたい様子だ。

多少苛立《いらだ》っているらしい、と私は思った。久子は私に比べて、ドライだし、合理的な人間だ。

怪談めいた話は好きだが、あくまで話として好きなのだ。──そんなことを、つい気にしてしまう自分に苛立っているのだろう。

もっとも、私の方だって、偉そうなことは言えない。いつも、寝つきのいい私が、しかも旅慣れていて、どこででも、自分の家のベッドと同じようにパッと寝られる私が、こんな風に起きているということ自体、私も、あの話を気にしている証拠である。

──ゆったりとした、広い寝室だった。

客用の部屋で、バスルームもついている。

もちろん、いつも使っているというわけではないのだろうが、我々が泊ると分っていたからか、きれいに掃除してあった。

ダブルベッドは、ちょっと目をみはるほどの大きさだ。――いつもの私なら、グッスリと眠っていただろう。

「やり切れない話よね」

と、久子が天井を見上げながら言った。

「うん……」

――子供たちの、残酷さ……。

お父様たちのために、何かみんなで合奏しましょうよ。

そう言い出したのは、佐和子当人だった。

私がピアノ、僕はヴァイオリン、私は歌うわ……。

みんながあれこれ言い出して、たいていの子は何かできたし、できない子もハーモニカとか、それもだめでも、一緒に歌うことはできる。

話はまとまった。簡単な曲で、即席の歌詞をつけ、メリークリスマス、で終らせりゃいい……。

佐和子には、そういう才能があった。

みんなは、屋根裏部屋に集まって練習することになった。古いピアノが置いてあったからだ。

そこに、カスタネットとかタンバリンとかも埃《ほこり》をかぶって、箱に入っていた。

歌だけで不満そうだった子は、大喜びで、それを叩くと言い出した。

こういう時、リーダーシップを取るのは、やはり「上手な子」で、ここでは佐和子だった。
一、二度、みんなで適当に合わせているうち、何とかさまになって来る。佐和子も少し興奮して来た。
何の気なしに、言い出したのだったが、これはすばらしいことになるかもしれない、と思ったのだ。

「もっと、きちんと揃《そろ》えてやりましょうよ！　きっと、凄くすてきになるわ！」

声も上《うわ》ずってしまっていた。――みんな大いに乗っていた。

「僕も」

その一言で、みんなは何となく静かになってしまった。

そうだった！――忘れていたのだ、純男のことを。

大体、そこに純男がいることさえ、佐和子は気が付いていなかった……。

佐和子は、決して純男のことを嫌ってはいなかった。むしろ、他の子よりは、純男のことを気にかけて、みんなで何かして遊んでいる時、純男が一人、ポツンと離れて

いると、

「一緒にやろうよ」

と、声をかけてやるくらいだった。

だから純男も、佐和子の言うことはよく聞くのだった。

しかし——しかし、今度ばかりは……。

音楽なのだ。やるからには、ちゃんと揃った演奏をして、

「上手ね！」

と、大人から拍手されたい。

しかも、その責任は自分にある、と佐和子は思っていた。

「純男君は無理よ。そこで聞いてて。ね？」

できるだけ優しく、佐和子は言った。

しかし——純男のがっかりした様子を見ると、佐和子は可哀《かわい》そうになってしまった。

「でも……。何か純男君にできるもの、ある？」

他の子たちは、いやな顔をした。——でも、もし何か簡単なもので、純男が参加できるのなら……。

純男は、顔を輝かせると、走って行って、あのがらくたの箱から、何やら取って戻

って来た。――シンバルだった。

もちろん、本物のやつではない。オモチャだった。しかし叩けば一応、それらしい音がする。

「いいわ。それじゃ、そこに立って」

と、佐和子は言った。「いい？　私がこうやって見せたら、叩くのよ」

と、肯いて見せる。

「じゃ、みんなでやってみましょ」

佐和子は、また古ぼけたピアノの前に座った。

――「演奏会」は、全員の食事の後、居間で寛いでいる時に開くことになった。居間には、立派なグランドピアノもある。

「あいつ、外《はず》そうよ」

食事の前、佐和子は、こっそり他の二、三人と集まって、相談した。

「でも――今から？」

佐和子は、ためらった。

「だって、あいつがいたら、めちゃくちゃだよ」

そうなのだ。――純男は、佐和子の合図から、遅れてシンバルを叩く。だから、音楽は台無しになってしまうのである。

佐和子も、何とかして純男に一緒にやらせてやりたかった。しかし……。

「やめろ、なんて言えないわ」

「じゃ、シンバルを隠しちゃえ」

と、一人が言った。「何もなきゃ、できないだろ」

「だめよ」

と、佐和子は言った。「じゃ――純男君と話してみる。むやみに叩かないように
……」

「だって――」

不満が残ってはいたが、ちょうど食事の合図の鐘の音がして、子供たちはダイニングルームへと入って行った……。

食事が終ってから、佐和子は、純男を小部屋へ引張って行った。

「いい？　シンバルって大きな音がするから、あんまり叩いちゃいけないのよ」

と、佐和子は言い含めた。「私が純男君の方を見て、こうやって手を振ったら、パン、って叩いて。いい？　手を振ったらよ。他の時は絶対に叩いちゃだめよ」

「うん」

純男は、真剣な顔で肯いた。もう手にはしっかりシンバルを持っている……。

何度も同じことを言い含めて、佐和子は居間へ戻った。

——初めから、そんなつもりだったわけではない。

しかし、いざ演奏が始まると、それは奏《ひ》いている自分でもウットリするくらいの、すばらしい出来栄えで、ここで場違いなシンバルが鳴ったら、と思うと……。佐和子は、純男に合図を出すことができなくなってしまった。

時々、チラッと純男の方へ目をやる。

純男は、しっかりと両手にシンバルを構えて、いつでも打てるように、待っている。じっと佐和子の合図を、食い入るような目で見つめながら、待っているのだ。

佐和子の胸は痛んだ。しかし——このすばらしい合奏を、何とか無事に終らせたかった……。

佐和子がチラッと見る度《たび》に、純男はいよいよかと顔を紅潮させた。しかし、佐和子は合図をしなかった。

そして——音楽は終った。

大人たちは上機嫌で拍手してくれた。

すばらしいよ！　佐和子が考えたのか？

お前は天才だな！

父の言葉が佐和子は嬉《うれ》しかった。こんな気持になったことは、初めてだ。

さあ、ケーキを。——子供たちがワッと食べ始めて、佐和子は初めて純男のことを思い出した。

居間から、純男は出て行くところだった。

あのシンバルを両手に持ったままで……。


「悪気はなかったとしても——」

と、久子が言った。「その子は、からかわれたと思ったんでしょうね」

「うん。まあ、奥さんの気持も、分らないじゃないがね」

「それにしても——怪談めいた話ね」

ベッドの中で、久子は体をすり寄せて来た。

その純男という少年は、姿を消して、帰って来なかった。

さすがに大騒ぎになり、捜し回った結果、この屋敷の裏の池に浮かんでいるのが見付かったのだった。もちろん、もう手遅れで。

大人たちは、ただの事故と思ったようだ。純男の死と、あの演奏を結びつけて考えた大人はいなかった。

ただ、佐和子には分っていた。自分が純男を殺したようなものだということが……。

しかし、これだけでは怪談にはならない。悲しい話ではあるが奇妙な出来事というわけではないだろう。

一つ、不思議だったのは――確かに、純男はあのシンバルを手にして、居間から出て行ったのに、後で見たら、シンバルはちゃんと屋根裏の箱に戻っていたのだった。

純男がそこへ返したのか？　佐和子は首をかしげたが、そんなことは、すぐに忘れてしまった。

そして、何年も――いや、十年以上も、思い出さなかった……。


二十四歳の時、佐和子は松永安成と結婚した。

姓も香取のままで、二人はこの屋敷に住んだ。

男の子が生れ、光哉《みつや》と名付けたのは、佐和子の父である。――父は、光哉が五つになった時に、亡くなった。

十二歳。

光哉が、ちょうどあの時の純男の年齢になった時、それが起った。

光哉が、朝、いやに眠そうにしているのに気付いて、佐和子が訊くと、

「やかましくて眠れなかったんだ」

と、光哉はふくれっつらをした。

「やかましくて？」

「うん。ジャンジャン、音がしてて」

「まあ、何かしらね」

「分んないけど」

学校へ行った光哉は、授業中に居眠りして先生に叱《しか》られたということだった。しかし、佐和子も、別にそれが大したことだなどとは思っていなかったのである。

毎晩、光哉が、母親のところへ、

「うるさくて眠れないよ」

と、やって来るようになった。

佐和子の耳には、もちろん何も聞こえなかったのだが……。

光哉は、寝不足と神経の両方で、見る見るやせて、弱ってしまった。

佐和子は夫と共に、あらゆる医者の所を訪ねて回ったが、何の役にも立たなかった。

シンバルの音。——そのころには、光哉ははっきりそう言うようになっていた。

頭の中でシンバルが鳴り続けて、眠らせてくれないんだ、と泣いて訴えた。

まさか、とは思ったが……。佐和子は、あの時以来、足を踏み入れたことのない屋根裏部屋へ上ってみたのである。

そして、がらくたの箱を覗《のぞ》くと——あのオモチャのシンバルは、入っていなかった。

眠りを奪われた光哉が、日に日に衰弱して行くのを、佐和子はどうしてやることもできなかったのだ。

そして——光哉は死んだ。

葬儀の日。呆然《ぼうぜん》としている夫を居間に残して、再び屋根裏部屋へ上った佐和子は、あの箱の中に、オモチャのシンバルが入っているのを見付けたのだった……。

4

「あの音——」

久子がベッドに起き上った。

「ん？　何だ、どうした？」

今度は、私もぐっすり眠っていたのだ。目を開けても、何だか頭の方はボーッとしていた。

「音よ。ほら、誰かドアを叩いてる」

「ドアを?」

「下の。――玄関だわ、きっと」

なるほど。どうやら、久子の言う通りらしい。

しかし、ここは私たちの家ではないのだ。

「誰か客だろ」

と、私は言った。

寝返りを打って、

「放っとけよ、よその家だぜ」

「何時だと思ってるの? 夜中の三時よ」

私は時計に目をやった。確かに三時を少し過ぎている。

こんな夜中に、一体誰が?

それに、頭が少しすっきりして来ると、あの玄関のドアの叩き方は、ただごとではないと分って来た。

誰か出たのだろう。ドアを叩く音は止《や》んだ。

「何かしら?」

「さあな……」

久子は、起き出して、部屋に用意してあったガウンをはおっている。

「おい、どこへ行くんだ?」

「向うが来るのよ」

「どこへ?」

「ここに決ってるでしょ。あなたも起きといた方がいいわ」

「おい、何も——」

こんな時間に客を起したりするものか、と言いかけた時、廊下にせわしげなスリッパの音がして、ドアがノックされた。

「ほらね」

と、久子が言った。

全く、我が女房ながら、時々恐ろしくなるよ!

「はい」

と、久子が返事をすると、

「申し訳ありません。こんな時間に……」

香取佐和子の声だ。かなりうろたえている様子だった。

「お待ち下さい。——あなた！　早く起きてよ」

「分ったよ……」

私は、ベッドから出て、久子とお揃いのガウンをはおった。

久子がドアを開けると、佐和子が、居間にいた時の服装のままで立っていた。

「今まで起きてらしたんですか？」

と、久子がびっくりして言った。

「ええ、主人が戻らないものですから」

「まあ、とっくに戻られたものだと思って……。起して下さればよろしいのに」

「今、誰かが？」

と、私も口を挟んだ。

「山の下の駐在所のお巡りさんです。主人が戻らないので、連絡したら、今、上って来て下さったんですが……」

佐和子の顔は青ざめていた。

「何かあったんですか」

と、私は言った。

「途中で——何かが崖下《がけした》へ落ちたらしい跡がある、と……」

「まあ」

と、久子は言った。

「もし——あの、もし、よろしければ」

と、佐和子は言った。「一緒にそこまで行っていただけませんでしょうか」

「もちろん参りますわ。すぐ、仕度をして下りて行きます」

「申し訳ありませんね、お客様にこんなことをお願いして……」

と、佐和子は、動揺しながらも、何度も頭を下げた。

仕度をして下りて行くのに、五分とはかからなかった。

初老の警官が玄関の所で待っていてくれた。

「車を出します?」

と、久子が訊く。

「お願いできますか、何しろ自転車なもので」

自転車であの山道を上って来たのでは、くたびれているだろう。久子が急いで車を出しに表へ出た。

——幸い、もう雨は上って、少し風は強かったが、雲も切れ始めて、月明りが射していた。

久子の運転する車に、私と香取佐和子、それに初老の警官が乗って、山道を下って行ったが――。

「――もう少し先ですよ」

と、警官が言った。

「事故でしょうか」

と、佐和子が言った。

「この道は慣れておられるはずですがなあ……」

と、警官が首を振る。

確かに、初めての人間には難所と見えるかもしれないが、そう道幅は狭いわけでなく、それにカーブも曲り切れないほど急という所はない。

しかし、崖から落ちたとすれば……よほどの幸運に恵まれない限り、助かるまい、と私は思った。

雨が上っているとはいえ、かなり道はぬかるんでいる。場所によっては、地盤がゆるんだりもしているのかもしれない。

「そこらです」

と、警官が言った。「その木が折れていましょう」

「本当だわ」

車を停めて、私たちは、少しの間、言葉もなかった。——立木が、いかにも押し倒されたという感じで、崖の外側に向って折れている。

「見に行きましょう」

と言ったのは、佐和子だった。

「奥さんは危いかもしれん。ここにおられた方が——」

と、警官は言いかけたが、

「いいえ、私の夫ですもの、もし、生きていれば声をかけてやらなくては」

佐和子の声は、もう取り乱してはいなかった。

「分りました。では足下に気を付けて」

「あなた、懐中電灯を」

「うん」

月明りはあったが、わずかなものだ。

足がぬかるみに取られそうになるので、用心して歩かなくてはならなかった。

「——気を付けて。滑って落ちでもしては大変です」

と、警官が言った。

「下を覗けるかな」

「気を付けて下さい」

こういう時、自分が有名人であるという自覚があると（もちろん、この警官は、私のことなど知るまいが）、つい、無理をしてしまう。

私も、高所恐怖症の気があるのだが、こんな時には、つい先に立って、行動してしまうのだ。

「――何か見える？」

と、久子が訊く。

そう。――久子はもっとひどい高所恐怖症で、高い所にいる時だけは、私のことを頼りにしてくれる……。

「いや、何も――」

懐中電灯の光では、崖の下まではとても届かない。「しかし……。枝や木が折れてるね。やはりここを落ちたんじゃないかな」

「転り落ちたのなら、望みはある」

と、警官は言った。

「そうですね。しかし、明るくなってからでないと、とても――」

月の明りが、一瞬、崖の下を照らした。かすかにだが、車の、引っくり返った腹が、照らし出された。

「車だ」

と、私は言った。「あった」

「大分下の方？」

「ああ。――とてもあそこまでは……」

「どこかその辺に引っかかってるとか」

アクション映画じゃあるまいし！

「とても無理だよ。大体、そんな大きな木はないし――」

と、光を崖のすぐ下へ向けると――。

突然、ヌッと真黒な顔が現われて、私は、

「ワーッ！」

と大声を上げて、飛び上ってしまった。

そして、足がズルッと滑って――崖からは落ちなかったが、泥の中にまともに尻《しり》もちをつくという、悲惨な結果になってしまったのだ……。

「――しっかりしろ！」

警官が、その泥だらけの男の手をつかむ。

「あなた！　手伝って！」

久子に怒鳴られて、私はやっとこ立ち上ると、一緒になって、その男を引張り上げたのだった。

「――まあ」

と、佐和子は言った。「シェフですわ、一緒に乗っていた」

よくここまで這《は》い上って来たものだ。

「――奥さん」

息も絶え絶えという様子だったそのシェフは、やっと言葉を押し出した。

「主人は？　車から逃げ出したんですの？」

シェフは、ゆっくりと首を振った。

「とても……。私も、一人で這い出すのがやっとでした。ご主人は――動きませんでした……」

佐和子が、一瞬よろけた。

「奥さん、しっかりして下さい」

と、久子が、急いで支える。

「ともかく、人手がいる」

と、警官は言った。「お宅へ戻りましょう。電話をお借りして、すぐに人手を集めますから」

それは最も現実的な提案だった。

私は、泥だらけの格好だったが、そのシェフはもっとひどい。私の方がまだましだった。

久子の運転で、私たちは一旦《いったん》、香取邸へと引き返したのだった……。

「一時間もすれば、応援が来ます」

と、警官は言った。「それに、準備ができるころには、明るくなって来るでしょうし……」

「どうもお手数をかけて」

佐和子は、大分落ちついていた。——半ば諦《あきら》めていることが分る。

「——いや、どうも」

二階のバスルームでシャワーを浴びて来たシェフが、居間へ入って来た。

「すぐ救急車も来ますから」

「私は大丈夫。かすり傷です」

バスローブ姿のシェフは、もう六十代の白髪の男である。

「何があったんでしょう?」

と、佐和子は言った。「主人がハンドルを切りそこねて?」

「いや……」

シェフは、久子のいれた熱い紅茶を飲んで、ホッと息をついた。「うまい!——こんなにうまいものを初めて飲みました」

ベテランシェフが言うので、いかにも実感がこもっている。

「——何が起ったのか、よく分らないんですよ」

と、少し間を置いて、首を振りながら、言った。「あの道は、よく慣れておられる。しかも、ご主人は、慣れているからといって、無茶をなさる方でもないし……」

「では、何が——」

「どう説明したらいいのか」

と、肩をすくめて、「ともかく、ごく普通に車は道を下って行きました。私とご主人は、近ごろのフランス料理のレストランの傾向のことなど話していて……。でも、決して運転をおろそかにする、ということはなかったのです。――ところが」

と、シェフは言葉を切った。

「何ですの？」

と、佐和子が訊く。

「突然、ご主人が頭をかかえて、『うるさい！』と叫ばれたんです。私はびっくりしました。何事かと――」

シェフは、今も信じられない様子だった。「そしておっしゃったんです。『シンバルだ！　シンバルを鳴らすな！』と……」

佐和子の顔から、血の気が引いた。

おそらく、私たち夫婦も同じだったろう。

「――何ですかな。そのシンバル、というのは？」

と、警官が一人でキョトンとしている。

「聞き間違いかもしれません」

と、シェフは言った。「確かに、しかし、そう聞こえたのです」

「分りました」

と、佐和子は肯いた。「それで主人は車を――」

「頭が猛烈に痛んだのかもしれません。両手で頭をかかえて、叫ばれるので……。ハンドルは放してしまっています。私はあわててハンドブレーキを引こうと……。しかし、間に合いませんでした……」

シェフは、ため息をついた。「気が付くと、車は逆さになって、しかし、奇跡的に、私は手足を動かせたのです。何とか車から外へ這い出し、ご主人のことも呼んでみました。しかし、ご返事がなくて……」

「分りました」

佐和子は、静かに肯いた。「主人のために、とんだ目にあわれて……」

「いや、とんでもない。ご無事だといいのですが」

と、シェフは言った。

そうこうするうちに、警察の応援が着いて、屋敷の中はあわただしくなる。

「――奥さんは？」

久子が、言った。

私も、シャワーを浴びて居間へ戻って来たところだった。

「知らないよ。いないのか？」

「見なかった？」

「いや、全然」

久子は、天井へ目をやった。

「もしかして——」

二人とも、同じことを考えていた。

私たちは、階段を上って、二階の廊下へ出ると、さらにその奥から、階段を上った。

やはり、そのドアは開いていた。

「——失礼します」

と、久子が、ドアを大きく開けて、言った。

「奥さん……」

屋根裏部屋は、思っていたより、ずっと、きれいだった。

もっとクモの巣などの張った、埃っぽい所を想像していたのだ。

——香取佐和子は、奥の方に、たたずんでいた。

「勝手に入って来て、すみません」

と、久子が言うと、佐和子はゆっくりと顔を向けて、

「いいえ」

と、言った。「これがその箱です」

ちょうど、押入れに入る衣裳《いしょう》ケースほどの大きさの木の箱で、いかにも古そうだった。

「──シンバルは？」

と、久子が訊いた。

「ありませんわ」

と、佐和子は言った。「主人の耳の中で、まだ鳴っているのかもしれません」

「なぜ、捨ててしまわなかったんですの？」

と、久子が訊くと、佐和子は、ゆっくり首を振った。

「むだですわ」

「むだ？」

「捨てようと埋めようと、ここへ戻って来ます」

佐和子は、息をついて、「さ、警察の方が捜しているといけませんから」

と、先に立って歩いて行く。

私たちは、そのがらくたの箱をなおしばらくかき回してみた。

しかし、確かに、シンバルはそこには入っていなかったのである。

5

結局、次の日一日、私たちは、香取安成の捜索に付き合わされることになってしまった。

捜索といっても、場所はもう分っているのだから、引上げ、ということだ。

引上げ。――遺体の引上げである。

先に、一人がロープで降りて行って、車の中で、香取が死んでいることを確かめたのだった。

それを聞いた時も、佐和子は取り乱さなかった。予想はしていたはずである。

――現場はやはり足下が危いというので、佐和子と私たちは、屋敷で待っていた。

「申し訳ありませんね、本当に」

と、佐和子は、恐縮していた。「とんだご招待になってしまって」

「いや、とんでもないです」

と、私は言った。「こちらこそ……。何だか、あの曲のせいで、こんな――」

「そんなことはありません」

と、佐和子は首を振った。「いつかはこんなことがあるかと思っていました」

「でも……」

「私のせいですのに」

と、佐和子は、力なく、肩を落として、「私を真先に殺せばいいのに。子供を。そして主人を……。生きている方が辛《つら》いようですわ」

「そんなことを……」

久子も、さすがに言葉がない。

玄関の方で、声がした。

「戻ったのかもしれません」

と、佐和子が立ち上る。

佐和子が玄関へと出て行くと、私は言った。

「どうする？　失礼するかい、僕らも」

「そうねえ」

久子は、首を振った。「でも、あの奥さんを一人で置いてくの？」

「そりゃ、気の毒だとは思うけど……。ずっとここにいるわけにはいかないんだし」

「ええ、それは分ってるけど」

と、久子は肯いて、マントルピースの、あの写真の方へと歩いて行った。

足音がして、香取安成の遺体が運び込まれて来た。

「一旦《いったん》、そこのソファへ」

と、佐和子が言った。「主人はそこが気に入っていましたから」

「――残念です」

と、あの警官が言った。

「どうも……」

佐和子は、布に覆《おお》われた夫の遺体を、じっと見下ろしていた。

そして、

「主人は苦しんだんでしょうか」

と、呟《つぶや》くように訊いた。

「いや、落ちたショックで首の骨を……。一瞬のことだったと思います」

「そうですか」

佐和子は、息をついて、「まだ良かったわ……」

私は、久子に腕をつつかれて、振り返った。

「何だ？」

「これ、見て」

マントルピースの方へ引張って行かれて、あの古い写真を見せられる。

「これが、どうかしたのか？」

「よく見て、あのご主人のところ」

——なるほど、若いころの香取安成の、首の辺りが、少し裂けている。

「古い写真だからな」

「昨日見た時は何ともなかったわ」

「そうか？　僕はよく憶《おぼ》えてないけどな」

「絶対よ。破れていれば、気が付くわ」

「そうかな。——しかし、だからって、これと何か——」

「関係ないと思う？」

それじゃ、本当に怪談じゃないか。

私は、自分自身、結構迷信深いし、縁起をかつぐ人間のくせに、他人がそういうことを信じているのを見ると、苛々《いらいら》して来るのである。

私は、ただ黙って肩をすくめただけだった……。

「――何だって?」

私は、思わず訊き返していた。「あれをやれっていうのか? もう一度? 冗談じゃないよ」

リハーサルのためにホールへ着いた私は、オーケストラの事務局長から、思いもかけない話を聞いて、唖然としてしまった。

「お願いしますよ」

と、局長は困り切った様子で、「ともかく、作曲者もカンカンで。分るでしょう?」

「僕のせいじゃないぜ」

「分ってます。ともかく、一度、ちゃんとした形で演奏すりゃ、気がすむんですから」

「しかし――」

「オケの連中には、少し手当をつけますよ。一曲、序曲を省いて、代りに入れれば。――ね? まだこの間やったばかりで、頭に入ってるでしょう」

私は、控室の椅子に、腰をおろした。

香取安成の葬儀が今日のはずだ。――もちろん、私には仕事もあり、ていねいに詫びを言って、帰って来たのである。

しかし、またこんなところで、「シンバル」の問題にぶつかろうとは……。

「ね、いいでしょう。あの父親を怒らすと怖いですから」

と、局長は拝まんばかりだ。

確かに、曲の出来はともかく、作曲者としては、この間の「初演」は、不本意だろう。

それは分るが、こっちにも、色々事情というものがあるのだ……。

「お願いです！　この通り」

局長の頼みを断るわけにはいかなかった。

もちろん渋々ではあったのだが。

リハーサルに入ろうとしていると、電話がかかって来た。

「——もしもし、あなた？」

「久子か。何だ？」

「あのね、行かないつもりだったけど、やっぱり気になるから、行くことにするわ、香取さんのお葬式」

「そうか……。分った。よろしく言っておいてくれ」

「ええ。夜には帰るから」

久子は、はっきりした口調で言った。

私は何となく不安だった。——もちろん、何もあるわけがない。

何も起るわけがない……。

香取安成の起した事故だって——ただの「耳鳴り」のせいかもしれなかったのだし。

当人の意識の中に、「シンバル」への恐怖があったから、それがとてつもなく大きな音に思えたのではないか。

そう考えれば、何も怪談めいた話にする必要はないのだ。——そうだとも。

私はゆっくりと指揮棒を手に、リハーサルに臨むため、歩き出していた。


曲目の変更が告げられた時も、別に不平の声は上らなかったようだ。

今日のメインは、後半のブルックナーで……。最近はマーラーかブルックナーでないとクラシックじゃない、という気分の客が多いのである。

妙な時代になったものだ。

リハーサルでは、あの曲も問題なくやれた。

シンバルは景気よく鳴って、こっちの目を覚ましてくれたし、二度目のせいか、私も、前よりはいくらか、この曲がそう悪くもないように思えて来た。

オケのメンバーの方も同様だったらしく、今度は大分熱を入れてやっている。

しかし、もう一回やったら、前よりうんざりしてしまいそうではあった。

「――いい入りです」

と、局長が、ホッとした様子で、ステージの袖《そで》から戻って来た。「これで作曲者も気がすむでしょ」

「でなきゃ困るよ」

と、私は言った。「ネクタイ、曲ってないかい?」

「ええ、大丈夫です」

ステージでは、オケの音合せが終った様子だ。――さて、行くか。

もう、香取家では葬儀も終っているだろう。

私は一つ深呼吸をして、歩き出した。

拍手がホールを満たす。

曲は、スムーズに始まった。

新作というので、演奏する方も身構えると、客の方も疲れてしまう。今日は、もともとやる予定ではなかったので、オケの連中も、却《かえ》って気楽で、客もリラックスしているようだった。

——いいぞ、この調子だ。

思いがけないほど、難しいパッセージがスラスラと進む。

この前のことがあるので、今夜はシンバルの担当の男も、じっと目を開けて、こっちを見ている。——まあ、頑張ってくれよ。

今日は、邪魔が入るってこともないはずだ。

曲は進んで、やがてクライマックスにさしかかる。——客も結構、この珍しい曲を楽しんでいるらしいのが、背中で感じられる。

シンバルの出番が近付いて来た。

奏者が、シンバルを両手に持って、ちょっと肩をほぐすように持ち上げた。

よし。——うまく行くぞ！

体が熱くなって来た。みんな「乗っている」のだ。いいムードだ。

あと一ページ。

私はチラッとシンバルの方へ目をやった。

そこには——あの少年が立っていた。オモチャの小さなシンバルを手に、一心にこっちを見つめて、私の合図を、今か今かと、待ち構えている。

目を見開き、しっかりと両足を踏まえて……。

何だ、これは？　幻か？

機械的にタクトを動かしながら、私は何度も目をつぶっては開けた。しかし――そこには、十二歳の少年が立って、早く合図を、と無言の訴えをこっちへ向って投げているのだ。

こんなことが……。こんなことがあるのか？

私は、その少年に向って、合図を出そうとした。しかし――タクトは止ってしまった。

あれが鳴ったら、何かが起るような気がした。何か恐ろしいことが起るような――。

オーケストラのメンバーが、戸惑って私を見上げた。いくら何でも間《ま》が空きすぎる。

私は、一瞬、迷った。このままずっと止めておくわけにはいかないのだ。しかし、もし何かが起ったら？　もし――誰かの死が……。

意志の力ではなく、体の方が、先に反応してしまった。気が付いた時には、私はタクトを振り下ろしていたのだ。

シンバルが炸裂《さくれつ》した。その音は、まるではっきりと目に見えるように、私の視界を真赤に覆った。それは血の色のようだった……。

――拍手の音で、私は我に返った。

全身に汗をかいている。――シンバルの奏者は、いつもの通りの顔だった。ホッと息をついている。

私は、半ば放心状態のまま、客席の方へと向いた。拍手は、決してお座なりのものではなかった。

「ブラボー」

という声もかかった。

何だって？　ブラボー？　やめてくれ！

私は頭を下げ、指揮台から下りると足早にステージの袖へと戻って行く。

「――すばらしかった！」

事務局長が、顔を真赤にして、手を叩いている。

いつでも、「すばらしい」と言う男なのだが、今日は、まんざら冗談でもないらしい。

「いや、驚きましたよ！　最後の長い間《ま》はすごいですね！　即興の閃《ひらめ》きですか」

「まあね」

と、私は言った。

「さ、ステージへ戻って！」

「もういいよ」

「何言ってるんです？　あの拍手ですよ！」

私は押し出されるようにして、ステージへ出た。

しかし、私の中には、得体の知れない不安がふくれ上って、とてものんびりと拍手

を受けていられる気分ではなかった。

再び袖へ入ると、

「電話をかける。急用なんだ」

と、私は言った。「オケを少し休ませといてくれ」

「分りました」

と、局長は不思議そうに言った……。

――楽屋へ駆け込んだ私は、手帳を捜し出して、あの香取家の電話番号を調べ、電話をかけた。

しばらく呼出し音が続いたが、誰も出ない。――苛々と待っていると、

「はい」

と、聞き憶えのある声がした。

「久子か？」

「あなた？　どうしたの」

と、久子はびっくりした様子で、言った。

「何もないか、そっちは？」

「何も、って……。どうして？」

「いや──何でもなきゃいい」

私は、息をついた。「ちょっとその……胸騒ぎというやつかな」

「そう」

少し間があって、「でも──そういえば、奥さん、どこにいるのかしら？」

「いないのか？」

「ここ、居間なの。ここにいると思ってたんだけど。廊下を歩いてたら、電話の鳴ってるのが聞こえたんで、出たのよ」

「まだ客は？」

「何人か残ってるわ。私、そろそろ失礼しようかと思ってたんだけど」

「そうか。──もうステージへ戻らなきゃならん。何かあったら、知らせてくれ」

「分ったわ。ちょっと気になるから、奥さんのこと、捜してみる」

「そうしてくれ」

私は電話を切った。

さっきの、あの少年の幻は……。幻だったのか?

「——お願いしますよ、そろそろ」

と、局長が顔を出す。

「分った」

私は立ち上った。「——何を振るんだっけ、次は?」

局長が呆《あき》れたように、

「モーツァルトですよ、〈ディベルティメント〉。——大丈夫ですか?」

「ああ、大丈夫だ」

私は、その曲の冒頭を思い出せなかったが、ともかくステージへと出て行った。

しかし、この夜の演奏は、私のキャリアの中でも、最も批評家に絶讃されたものの一つになったのだった……。


ブルックナーが終り、何度もステージへ呼び戻される。

客も満足しているようだった。拍手に熱がこもっている。

何度目かにステージへ出た時、客席の隅に、久子が立っているのに気付いた。

私は、コンサートマスターの肩を叩いて促し、メンバーをステージから引き上げさせた。やっと、客が帰り始める。

「――良かったですね、今日は」

オケのメンバーも、口々に言って行く。

いくら商売とはいえ、みんな音楽の好きな連中なのだ。

私は、楽屋へ入ると、

「ちょっと、一人にしてくれ」

と、局長に言った。「家内が来たら、入れてくれないか」

「分りました」

と、局長の方も上機嫌である。

タオルで顔の汗を拭《ぬぐ》っていると、ドアが開いた。

「久子か」

「ええ」

久子の様子を見ただけで、私にはピンと来た。

「亡くなったんだな」

「ええ」

「そうだと思った」

「どうして？」

私が、あのステージでの出来事を話すと、久子は、ゆっくりと肯いた。

「きっと、その時間だったのかもしれないわね。奥さんは屋根裏部屋へと上って行ったのよ」

「それで」

「きっと、あのシンバルを壊してやろうと思ったんじゃないかしら。自分の身のことが心配だったからじゃなくて、息子と夫を奪ったから。——いくら、もともとは自分のせいといっても、あそこまでの仕返しはひどいと思ったんでしょうね」

「壊すって、どうやって？」

「ハンマーを持っていたようよ。——そばに落ちていたわ」

「見たのか」

久子は肯いた。

青ざめている。——久子としては、珍しいことだ。

「どうして死んだんだ？」

と、私は訊いた。

「私……あなたの電話の後、もしかしたらと思って、屋根裏部屋へ上ってみたの。一人じゃ心細くて、あの時の警官が来てたので、一緒に来てもらったのよ。そして階段を上って……」

久子は身震いした。「ドアを開けたら——シンバルの片方が足下に落ちていたわ。まるで宙を飛んで来て、ドアにぶつかり、下へ落ちた、という格好で。端がへこんでいて、そして——」

久子は、少し間を置いて、

「血がついてたの」

と、言った。「捜したわ、奥さんがどこにいるのかと思って……。奥さんは、あの箱と、ドアの間に、倒れてたわ。箱から逃げようとしたみたいに、ドアの方を向いて、うつ伏せに」

「もう死んでたのか」

「そう。——首がなかったの」

「何だって？」

私は、甲高《かんだか》い声を上げていた。

「首が——ずっと離れた所に、転がっていたわ。あのシンバルが、刃物みたいに、奥さんの首を切ったんだわ」

「何てことだ……」

私は、口を押えた。

久子は、ゆっくりと首を振った。

「気を失うかと思った。でも、辛《かろ》うじて大丈夫だったわ。何だか、悪夢のようで、本当のこととは思えなかったせいかしら」

「あの少年が復讐《ふくしゅう》を果たした、ってわけだな……」

「そうね」

久子は、バッグから、何かを取り出した。「これを見て」

「何だい？――写真？」

「ええ。あの写真よ」

「どうしてそんなものを……」

「あなたにも見てほしかったの。私の錯覚じゃない、ってことを、知りたくて」

少年少女たちの、あの写真だ。

私はそれを手に取ってみた。――香取安成の所だけでなく、佐和子の首の辺りが、もっとはっきりと裂けている。

それは私も予期していたことだったが……。

「この顔――」

「そうでしょう?」

と、久子は言った。

あの、シンバルを打てなかった純男の顔――表情もなく、ぼんやりと遠くを見ていたはずの顔が、今は真直ぐにカメラの方を見て、快活に、利発に、明るい笑顔を見せていたのだ。

「あなたもそう思うでしょう?」

と、久子は訊いた。

「ああ」

私は、その写真をゆっくりと机の上に伏せて置いた。「やっとシンバルを打てたんだ。――これで、あの少年は仲間に入れたんだよ」

私は立ち上って、息をついた。

「さて、シャワーを浴びて、着替えて来るか」

「待ってるわ」

私は、ドアを開けようとして、ふと思い付き、

「あのシンバルはどうした？」

と、訊いた。

「警官が持って帰ったわ。凶器ですものね」

「そうか」

私は肯いた。

しかし、私たちには分っていたのだ。あのシンバルが、きっとあの箱の中に戻っているだろうということが。

「あなた」

「何だ？」

「食事をして帰る？」

「そうだな、そうしよう」

私は久子の頰《ほお》に軽くキスして、シャワールームの方へと歩き出した。

弦の切れる日

1

「申し訳ありませんね」

と、その楽器商が言った。

大畑布子《おおはたきぬこ》は、まだ事態がのみこめずに、ぼんやりとして、突っ立っていた。

布子の手には、白い封筒がある。わざわざ、封筒まで高いのを買って、入れて来たのだ。何しろ、二千万円の小切手である。

「昨日になって、突然だったんですよ」

と、少し頭の禿《は》げ上った辺りのつやが、ヴァイオリンの銘器を思わせる、その楽器商は、続けた。「たぶん、よその楽器屋が、もっと高く売れる、と吹き込んだんじゃないですかね。――ともかく、三千万以下じゃ売らない、と言い出して。よその店に任せてもいい、と言われるんで、こっちとしては――奥さん！　大丈夫ですか！」

大畑布子は、フッとめまいがして、よろけたのだった。

楽器商が、あわてて布子の、あまり軽いとは言えない体を支えて、何とか苦心しながらも、手近な椅子に腰をかけさせる。布子は、それでも白い封筒をしっかりと握って、放さなかった。

「あの――大丈夫ですか？　タオルでも濡《ぬ》らして、お持ちしましょうか」

「いえ……。もう大丈夫です。すみません」

と、布子は言って、何度か深呼吸した。「でも――この間は二千万というお話だったじゃありませんか」

「そうなんです。もう約束した方もおられるので、と私も言ったんですがね……」

楽器商は、首を振って、「本来の値打より安く売るのが、お宅の仕事なのか、とかみつかれてしまって。こっちが、大畑様のところが、もう二千万円を用意なさってお いでで、と言いますと、『本当はもっと高くふっかけて、お宅が懐へ入れるんだろう』とまで言われてしまいまして」

布子は、何とも言葉が出なかった。

「確かに、私どもも商売ですから、規定の手数料はいただきます。しかし、それ以上いただくことは決して——」

「ええ、それはもう……。それはよく分っておりますわ」

と、布子は肯いた。「でも——もうこの二千万円しか、とてもうちでは用意できないんです。何とかなりませんか」

「何といいましても、持主は私どもではありませんので」

と、楽器商は言いにくそうに、「私どもの持物なら、何とかしてさし上げるのですが……」

布子は、肩を落とした。

「分りました……」

「誠にどうも——」

「あの——でも、すぐ他の人に売ってしまわないで下さいね」

「もちろんですとも！　そんなことは決してありません」

「お願いします。主人ともよく相談してみますので」

「ご連絡があるまでは、他の方からお話があっても、決してお譲りしません」

「どうも……。あの——」

と、布子は何か言いかけて、自分でも、何を言いたいのか、分らなくなってしまった。

布子の目は、ガラスケースの奥に、別格扱いで置かれているチェロの、鈍い輝きを、じっと捉《とら》えていた。

「――あれだけの物は、なかなか出ませんからね」

と、楽器商は肯きながら、言った。「もし可能でしたら、ぜひ手に入れられるように、おすすめしますよ」

「ええ……。本当にいい色ね」

と、布子はうっとりと眺めていたが――。「あ、どうも、すみません、お忙しいのに」

「いえいえ。いつでもお電話をお待ちしております」

――表へ出たものの、布子は、どっちに向いて歩けばいいのやら、分らなくなってしまっていた。

こんな……。こんなことになるとは。

今夜には、早苗《さなえ》に、あのすばらしい楽器を見せ、喜ばせてやることができると思っていた。そのはずだったのに……。

布子は、手に小切手の入った封筒を持っていないのに気付いてハッとした。落としたのか？

だが、バッグを開けると、封筒はちゃんと入っていた。無意識のうちに、中へしまい込んだらしい。

また、胸がドキドキして、冷汗が出て来そうになる。めまいが起りそうで、布子はちょっとの間、目をつぶってじっと立っていた。

ドシン、と誰かに突き当られ、危うく転びそうになる。何とか引っくり返らずにすんだのは、電柱にたまたま手が当って、とっさにつかまったからだった。

「――何、ぼんやりしてやがんだよ」

大学生か――いや高校生ぐらいとも見える、若い男である。布子のことを心配するでもなく、ただ、邪魔者のようにジロッとにらんで、行ってしまった……。

今日は、何もかもが私を攻撃して来るんだわ、と布子は思った。何てひどい一日なのかしら。

やっと、布子は地下鉄の駅がどっちだったか思い出して、歩き出した。

いやだわ。今度は間違えないようにしなくちゃ。――今度？

いや、もう二度と――少なくとも、当分は来ることはあるまい。布子には、そう分っていた。

歩きながら、布子は思い出していた。この二千万円を作るための、夫との長い長い言い合いの夜を。

夫がついに根負けしたのは、初めて布子がこの話をしてから何日目のことだっただろうか？

最初、ベッドでうつらうつらうつらしている夫に、

「ね、いいチェロがあるのよ。早苗に買ってやれないかと思うんだけど……」

と、おずおずと切り出した時には、布子自身、自分の言っているのが、現実の話なのか、よく分っていなかったのである。

「ふーん。いくらなんだ？」

と、夫は、それでも寝ぼけた声で訊《き》いた。

「ええ……。二千万円とか……」

夫は笑って、

「じゃ、その前に宝くじでも買うんだな」

と、言って、そのまま眠ってしまった。

確かに、夫が真《ま》に受けなかったのも、無理はない。ごく普通のサラリーマン家庭に

とって、二百万円だって、ひねり出すのは容易じゃない。それが一桁上《ひとけた》の二千万！

家を手に入れた時のローンも、まだ残っているし、この上、二千万のローンを組んで、返せるものかどうか。——理性的に考えれば、結論は明らかだった。

しかし、布子は諦《あきら》めなかった。細かく家計の数字を出し、削れるところは削って、何とか、返済分の金額を捻出《ねんしゅつ》しようとしたのだ。

加えて、自分でもパートの仕事を捜して、働こうとした。——夫の大畑一夫《かずお》が折れるきっかけになったのは、体の弱い布子が、本気で働こうとしているのを知ったことだった。

今、娘の早苗は音楽大学の四年生。チェロの腕前は、コンクールに充分挑戦できるところまで来ている、と言われていた。

「ただねえ……」

と、白髪のチェロ教師は首を振って、いつも布子に言ったものだ。「早苗君の楽器が今一つだからね」

今、早苗が使っている楽器も、決して、一般の感覚からすれば、安い物ではない。

しかし、専門家の間では、

「プロが使うものじゃない」

の一言で、片付けられてしまうのだった。

——あまり迷っている余裕はなかった。

いい楽器は、金さえ出せばいつでも手に入る、というものではなく、売りに出た時、手に入れなければ、次の機会が、いつ回って来るか、分らないからである。

幸い、楽器商は、布子が結論を出すまで待ってくれる、と約束してくれた。

布子は、二週間近く、夫と話し、説得し、哀願するようにして、とうとう二千万円のローンを組ませるのに成功した。夫も、一人っ子の早苗には甘い。

二千万円の小切手を手にした布子は正に天にも昇る心地だった。——ここへ来るまでは。

三千万円。——あと一千万円、都合して来ることなど、不可能だった。

布子は、運命に見放された人間のような、力のない足取りで、横断歩道を渡り始めていた……。

キーッ！

耳を突き破らんばかりの急ブレーキの音。

「危いじゃないか！」

男の、怒った声が布子にぶつけられて来た。そして、布子は、やっと信号が赤になっていることに気付いたのだ。

ゾッとして、また胸が激しい鼓動を打ち始めた。すぐには動くこともできない。

「大丈夫ですか？」

と、怒鳴った男が、ドアを開けて、車からおりて来る。

「あの——ごめんなさい」

と、布子は、急いで言った。「ぼんやりしていて……。すみません」

「いや、それはいいけど……。青ざめてますよ、顔が」

「いえ、大丈夫です」

布子は、やっと、恥ずかしさに顔が熱くなるのを覚えた。

「——川中《かわなか》さんじゃないか」

と、男が言った。「川中布子さん。違うかな？」

「え？」

旧姓を突然呼ばれたら、人は戸惑うものである。

「井原《いはら》だよ、大学で一緒だった」

と、白いスーツの、その男は笑顔になった。

「井原さん……。ああ、あなたね！」

布子は、昔、本の虫だった、パッとしない学生が、白のスーツで、いかにもエリートっぽい姿で立っているのを見て、びっくりした。

「――乗って」

と、井原は、車のドアを開けた。

「え？」

「後ろの車がクラクションを鳴らしてる。さ、早く」

何だかわけの分らないうちに、布子は、白いＢＭＷの固い座席に腰をおろしていた……。


「――よく分ったわね、私のこと」

と、布子はコーヒーを飲みながら、言った。

「そりゃ分るさ。あんまり変ってないよ」

「私が？」

と、布子は苦笑した。「腰まわりが、別人のようでしょ」

「そりゃ、二十年以上もたってるんだからね」

と、井原は微笑した。

った。

笑顔は――そう、思い出す。昔の通りだ。

大分イメージは変ったが、井原はあまり太ってもいないし、髪も薄くなっていなかった。

しかし、少なくとも、二十何年か前には、こんなホテルのラウンジに足を組んで座っているのは似合わない男だったのだ。

もっとも、そんな昔には、誰だってこんな場所は似合わなかったろう、大人の目から見れば。

布子も、時折、気取ったデートなんかで、こういう場所に来たことはある。しかし、はた目には、どんなに場違いな存在だっただろうか。

「今、何をしてるの？」

と、布子は当り前の質問をした。

「親父《おやじ》の会社を継いでね。そしたら、結構ブームにのって、うまく行ってさ。――およそ金儲《かねもう》けなんて、柄じゃなかったんだけどね」

「じゃ、社長さん？」

「中小企業だよ。今はあんな車乗り回してるけど、あれだって、会社の営業用って名目なんだ。もちろん――」

と、井原は、テーブルに置かれた伝票を、ちょっと取り上げて、ニヤリと笑った。

「こいつも交際費で落とす」

「まあ……」

と、布子は笑った。

上に立つ人間の自信、といったものが、井原に、どこか人をひきつける輝きを与えていた。大学生のころには、およそ目だたない男だったのだが。

「あいつ、憶《おぼ》えてる？　ほら、安西《あんざい》って、酔っ払うと、すぐ歌いたがる奴《やつ》」

「安西君？　もちろんよ。下手でね、歌が」

と、思い出して笑う。

「あいつ、死んだよ」

「――いつ？」

「去年、かな。ガンでね。アッという間に体重が半分くらいまで減って……。結婚が四十ぐらいだったから、子供がまだ三つかそこいらで……。いやだったな、葬式に行くのが」

と、井原は首を振った。

「四十……四かしらね」

「三、だったんじゃないかな。——ともかく、同じ年齢の友だちが死ぬなんてね。みんなショックだったよ」

「本当ね……」

もう、そんな年齢になったのだ。——親しい友だちで、亡くなったという人はいないので、井原の話は、確かにショックだった。

何といっても、娘の早苗が、かつての井原たちと同じ年代になっているのだから……。

「——何があったんだい？」

と、井原に訊かれて、

「え？」

と、布子は一瞬戸惑った。

「いや、さっき、ぼんやりして歩いてただろ」

「ああ……。そうだったわね」

と、布子は頭を振った。「ごめんなさい、びっくりしたでしょ」

「いや、そんなことは構わないんだけど」

と、井原は、コーヒーをゆっくりと飲み干した。

もちろん井原に話したところで、どうなるものでもない。――そう。井原なんかには、想像もつくまい。

あんな古ぼけた楽器一つ、手に入れるのに、生活そのものまで、危うくしてしまうなんて気持は……。

でも、話して悪いってことはないだろう。友だちなんだから。それも古い友だちで、別に恋人とか、ボーイフレンドってわけじゃなかったんだし……。

「何か困ってるの？　僕で力になれることがあったら、話してみてくれよ」

井原の言い方は、至って気さくで、布子を安心させた。――もちろん、何も期待しているわけじゃない。そうよ。一千万円なんてお金、いくら社長さんだからって……。

「娘のことでね」

と、布子は微笑《ほほえ》んだ。

「いくつ？」

「二十二歳」

「二十二？　そうか。君は結婚、早かったんだな」

と、井原は肯いて言った。「君が結婚したと知って、ショックだったんだよ」

「あら」

布子は笑った。「どういうショックだったのかしら」

井原は椅子に座り直した。

2

「また太ったんじゃないか？」

夫にそう言われて、布子は、

「お互い様でしょ。いつもズボンが苦しそうよ」

と、言い返した。「シャワーを浴びるわ」

「ああ……」

夫の声は、もう半分眠りかけていた。

「あなた、いいの？」

「うん、俺《おれ》はいい」

布子は、ネグリジェを着て、寝室を出ようとした。

「――おい」

と、大畑が声をかける。

「ん？」

「返済はいつからだった？」

「次のボーナスから」

「そうか。——長いな」

「そうね」

布子は、少し間《ま》を置いて、「でも、早苗は……」

と、言いかけたが——。

「あなた。聞こえる？」

「何が？」

と、訊き返して、大畑も、ベッドに起き上った。「——早苗の奴か」

「こんな時間まで」

階下から、かすかにチェロの音が聞こえて来たのだ。もう夜中の二時になりかけていた。

大畑も、パジャマを着ると、起きて出て来た。

「覗《のぞ》いてみるか」

二人で、階段を下りて行く。——土地が狭いので、階段は急で、足もとに気を付けなくてはならなかった。

「——早苗」

居間のドアをそっと開けて、声をかけた。

ピンクのパジャマの上にカーディガンをはおった早苗が、今日、やって来たばかりの、あのチェロを鳴らしていた。

「凄《すご》い音だな」

と、音楽にはさっぱり趣味のない大畑でさえ、思わず呟《つぶや》いた。

居間に入りきれない、という感じの、厚い、揺るがすような音が、その大して大きくもない木の箱(?)から鳴り渡っているとは、信じられないような気がする。

早苗が、両親に気付いて、手を止めた。

「ごめん、起した?」

「ううん。そうじゃないの。でも、こんなに遅くまで……」

「風邪引くぞ」

と、大畑は言った。「どうだ? 気に入ったか?」

「最高よ!」

早苗は頰《ほお》を紅潮させていた。「聞いたでしょ、この音!」

「ああ、いい音だな、やっぱり」

と、大畑も、腕組みしながら、肯いている。「ま、買ったからには、活用しろよ」

「うん」

早苗が、また弾《ひ》き始めた。――もうこの年齢になると（実際はもっと前からだが）、喜びを素直に現わさなくなるものだし、早苗も、ご多分に洩《も》れず、その口だったのだが、今夜の顔は、輝くようだった。

しばらく、大畑と布子は、早苗が力強く弾きこなす、音の渦に巻き込まれながら立っていたが……。

ふと、早苗が我に返った様子で、

「もうすぐ寝るよ」

と、言った。

「ああ。――分った。おやすみ」

「早く寝るのよ」

と、布子も言って二人は居間を出た。

二階へ上りながら、

「ま、良かったな」

と、大畑が言った。「無理して買ったかいがあったか」

「そうね」

「お前が、初めに言い出した時は、気が狂ったかと思ったぞ」

と、大畑は言って笑った。

布子も笑ったが——その笑いは、少し重苦しいものだった。

夫は、あのチェロが二千万円だと信じている。——布子はどうしても言えなかったのだ。井原が一千万円、すぐに小切手を切ってくれたのだということを……。

「いつでもいいよ、返すのは」

と、井原は気軽に言って、ためらう布子の手に、小切手をのせたのだった。

——断るべきだったのか？

しかし、布子は、夢中になってあのチェロを弾いている早苗を見て、これで良かったのだ、と思った。

井原は、金持なのだ。夫には、黙っていればすむことだ。

一千万ぐらいの金、すぐに返さなくても、どうということはないのだろう。

もちろん、返すつもりではある。少しずつでも、布子が家計をやりくりして……。

ローンの返済だけで、相当に家計を切りつめる必要があるので、現実にそんなことが可能かどうか、分っていないわけではなかった。

ただ、今は自分を安心させる必要があったのだ。ともかく、その理屈で、自分を眠りにつかせなくてはならなかった……。


「第一位、大畑早苗さん」

アナウンスの声は、淡々として、表情がなかった。

もう少し嬉《うれ》しそうに読めばいいのに、と布子は思って、それから苦笑した。――一位になれなかった子の親は、腹を立てているのだろう。

ホールに拍手が起り、早苗が、あのチェロを手に、ステージに出て来るのが見えた。

「第一位の大畑さんは、全国大会に進みます」

アナウンスが補足した。

審査委員長の、老教授が、早苗の首に銀色のメダルをかけてやる。早苗の方が、ずっと背が高いので、ずいぶん頭を低くしないといけなかった。

もう一度拍手が起り、早苗は客席の方に向いて、頭を下げた。布子は力一杯、手を叩《たた》いた。もちろん、ライトを浴びている早苗の目には、客席の後ろの方に立っている母親の姿は見えなかっただろう。

楽屋へ行かなくちゃ。——布子は急いで、ロビーへ出た。

「やあ、よくやりましたね」

と、白髪の紳士がやって来る。

早苗のチェロの教師だ。いや、元の教師である。

「先生、わざわざ、おいでいただいて」

「やっぱり気になりますからね。手が離れても、自分で教えた子は。——いい楽器を手に入れましたね」

「ええ。大分無理をして」

と、布子は笑った。

「いや、表現の幅が見違えるように広くなった。いい楽器というのは大切です」

「本当ですわ。早苗も、すっかり張り切っておりまして」

「ドレスもすてきだった、と伝えて下さい」

と、老教師は言って、ニッコリ笑った。

「あら、先生、どうぞ楽屋へいらして下さいな。早苗も喜びます」

「いや、もう遠くから見ているのが、私の仕事ですよ」

と、首を振って、「では、全国大会でも頑張って、と言って下さい」

「はい、ありがとうございます」

老教師が、少し関節を痛めた足を引きずりながら立ち去るのを、布子は見送ってから、

「楽屋、楽屋——」

と、小走りに駆け出した。

申し訳ないとは思うのだが、帰ってくれてホッとした。——楽屋には、今、早苗がついている、ある音大の教授が来ているはずだ。

前の教師と、今の教師が顔を合わせても、あまりいいことはない。教える立場として、一人一人、みんな自分のやり方が絶対と信じているからだ。

コンクールに勝つためには有利だから、と、今の教授につくことにしたのだが、初めのレッスンで、前の教師の悪口を散々聞かされて、早苗はすっかり腹を立ててしまった。

確かに、楽壇には大して力のない先生だったが、人間的には実に暖かい人だったのである。

布子は、早苗に、

「コンクールにさえ通れば、恩師なんて、関係ないわよ」

と、言い聞かせて、やっとなだめることができた。

確かに、その教授の力は大きなものがあったが、もちろん、早苗に実力が伴わなかったら、ここまでコンクールを勝ち抜いては来られなかったのだ。

「――ごめんね、遅くなって」

楽屋へ入って行くと、早苗が、ポツンと一人で放心したように座っている。布子は心配になって、

「どうかしたの?」

「お母さん。――見てた?」

「当り前よ。あら、北沢《きたざわ》先生は?」

「うん、ちょっと来て、すぐ帰った」

「あら、そうだったの」

それなら、前の先生に来ていただくんだったわ、と布子は思った。

「北沢先生、何かおっしゃってた?」

と、布子は訊いた。

「別に。ああ、来週は、倍の時間のレッスンだって」

「そう。じゃ、体を休めとかなきゃね」

布子は、早苗を立たせて、「ほら、向う向いて。――きつくなかった？」

「うん、弾きやすかったよ」

と、早苗は言ったが――。「お母さん」

「何？」

「大丈夫なの？」

「何が？」

「だって……。このドレス、高かったんでしょ」

「あんたが、そんなこと気にしなくていいのよ」

と、布子は、ちょっと笑って言った。

それから、真顔になって、

「いい？　お父さんには、お友だちから借りたんだってことにしてあるのよ。忘れないでね」

「うん……」

早苗は、何となくスッキリしない様子で、「でも、ずっとうちに置いてあったら、分っちゃうじゃない」

「大丈夫よ。そんなこと、お父さん、気が付きゃしないわ。――さ、服を着て。お母さん、このドレスをたたむから」

「うん……。ね、どこかに行くの？」

「どうして？」

「だって——こんなワンピースにしろ、なんて言うから」

「ちょっと食事にね」

と、布子は言って、腕時計を見た。「あら、急がなきゃ。チェロはちゃんとしまった？」

「一番先にしまったわよ」

と、早苗は笑って言った。「——食事って、私たちだけじゃないの？」

「もう一人、みえるの」

「誰？」

「会ってから、紹介するわ」

と、布子は言いながら、たたんだドレスを大きな手さげ袋の中へ入れた。「さあ、早くしてね」

「うん……」

——早苗の気持は、まだ昂揚《こうよう》していた。

母親の手前、というより、「大人」の手前、あんまり大げさに喜んで見せたりしないが、やはり、必死の練習と、プレッシャーに堪えて来たこの何か月かのことを思うと、若い早苗なりに、胸が熱くなった。

第一位。——コンクールというものは、第一位だけが意味のある世界なのだ。第二位、第三位では、出なかったのも同じことである。再び挑戦して第一位になる。それだけが、自分の才能を証明する場なのである。

「忘れ物、ない？」

「うん」

「じゃ、タクシー、待たせてるから」

と、母の布子が、楽屋を出て行く。

早苗はチェロを肩にかけ、廊下に出た。

一緒に出て、三位になった女の子が、ちょうど帰りかけるところで、

「お疲れさま」

と、早苗が声をかけると、ジロッといやな目でにらみ返して来た。

早苗は、重苦しい気分で、母について、ロビーへ出た。

コンクールが終れば、同じ若い娘同士、と早苗は思っている。しかし、負けた方に

とっては、そんな気持ではないのだろうか。

　早苗だって、何度もコンクールで三位、四位になったことはあるが、あんな風に、自分より上だった子を恨《うら》みがましい目でにらんだことはない……。

「さあ、乗って」

　と、布子が、タクシーのドアを開ける。

「うん」

　運転手が、早苗のかかえているチェロを見て、

「トランクに入れますか」

　と、訊いた。

「とんでもない！　私、前に乗りますから」

「はあ……」

　母の言葉に面食らっている運転手を見て、早苗は笑い出してしまった……。

　タクシーは都心のホテルに向って走り出した。いつの間にか、夜になっている。

　秋の冷たい雨が、道を濡らして、車の灯が映っていた。

　――早苗には、気になっていた。

　このチェロだけでも、大変な出費だということは、分っている。気の遠くなるよう

な、長いローンを組んでいるはずだ。

しかも、それだけですむわけではない。チェロが良くなれば、弓もそれに合ったものがほしくなる。今の弓には、今一つ不満があったし、北沢先生にもそう言われている。

しかし、門外漢の人には、信じられないことかもしれないが、優秀な弓は、本体に劣らず高いのである。北沢先生からすすめられている弓は、七百万もする。とても、母に言い出せなかった。

それに、今日のために作ったドレスも、安い物とは思えなかった。

「――お母さん」

と、早苗は言った。「来週、時間を倍にすることないよ」

「どうして？」

と、助手席の布子が振り返った。「北沢先生がそうおっしゃったんでしょ」

「どうせ同じ。一人で勝手に弾くだけなんだもの」

「でも、言われた通りにしておいた方が。ここまで来て、先生に逆らわない方がいいわよ。ね？」

「うん……」

早苗が気にしているのは、北沢教授のレッスン料である。——三十分で三万円。それも倍の時間、ということになると、一レッスンに六万円もかかる。

それが週に二回……。早苗だって、父親の月給ぐらい知っている。

このチェロのローンを払いながら、母が一体どうやって、レッスン料を出しているのか、早苗はずっと気になっていたのである。


「——ここ?」

と、早苗は目を丸くした。

ホテルの最上階にある、フランス料理のレストラン。

どう見たって、千円ぐらいの定食なんか、ありそうもない。

「ご招待いただいてるのよ」

と、布子が言った。「失礼のないようにしてね」

「うん。でも——どなたなの?」

席に案内されるのを待っている間、早苗は相変らずチェロをかかえて、座っている。

「あんたには言ってなかったけど——」

と、布子は言った。「色々、お金を出して下さってる人がいるの」

「私のために？」

「そのチェロもね、本当は三千万円したの」

「――二千万じゃなかったの？」

と、早苗は唖然《あぜん》として言った。

「その方に足らない分を出していただいたのよ。ドレスのお金とか、北沢先生のレッスン代とか……。とても、うちの収入じゃ出せないから」

「そう……。おかしいな、とは思っていたんだけど」

「でも、お父さんには内緒よ。音楽をやるには、どうしても、お金がかかるわ。でも、お父さんには、よく分らないからね」

早苗は、何となく曖昧《あいまい》な気持で、肯いた。

「――やあ」

と、声がした。「遅れて失礼」

布子が立ち上ったので、早苗もつられて、立ち上っていた。

「娘の早苗。――井原さんよ」

「第一位、おめでとう」

と、その男が言った。「車のラジオで聞いたよ。良かったね」

「ありがとうございます」

と、早苗は口の中で呟くように言った。

「さ、お祝いだ。——君ももう二十歳《はたち》過ぎてるんだから、シャンパンぐらい、飲めるんだろ?」

早苗は、井原の明るい笑顔に、少し頰を赤らめながら、

「はい」

と、肯いていた……。

3

「おい、凄《すご》いじゃないか」

ポンと肩を叩かれて、お茶を飲みかけていた大畑は、ウッとむせ返ってしまった。

「やあ、悪い悪い」

と、同僚は笑って、「——新聞で見たぞ、お前んとこの娘さんだろ? コンクールで全国一位」

「ああ……。まあね」

と、大畑は肩をすくめた。「俺《おれ》は忙しくて聞きにも行ってないが」

「大したもんだな！」

昼休みだというのに、昼飯のついでにビールでも飲んで来たらしく、ご機嫌である。

「賞金で何を買うんだ？　ガッポリ入るんだろ？」

大畑は目をパチクリさせて、

「賞金？　そんなものあるのか？」

「とぼけやがって！　一度ぐらいおごれよな！」

同僚は笑って、自分の席へと戻って行った。

大畑は苦笑して、首を振ると、ゆっくりとお茶を飲んだ。

――まあ、事情を知らない人間には、説明したって分るまい。音楽家を育てる、なんてことは、常に「赤字」なのである。

賞金か……。そんなもの、ローンの足しにもなるまい。

実際、いつも早苗が、きちんと新しいドレスでステージに出たりするのを見ると、大畑は首をかしげてしまう。一体、布子はどうやって、あんな費用をひねり出しているのか。

「見た目ほど高くないのよ、ああいう服は」

と、布子は言っているが……。

まあ――しかし、早苗が楽しそうにしているし、別に大畑としては、文句を言うこともなかった。

「――大畑さん」

と、受付の女の子がやって来た。

「何だい？」

「お客様です」

「昼休みだぜ」

と、大畑は顔をしかめた。

「女の方よ」

と、受付の子が冷やかすように笑った。

「保険のおばさんかい？」

と言って、大畑は立ち上った。

――受付の所に、四十歳ぐらいか、少しやせ型の、しかしかなり立派な毛皮のコートをはおった女性が立っていた。

全く、見憶えがない。人違いじゃないいんだろうな。

「大畑ですが」

と、声をかけると、その女はハッと我に返ったように、

「あの――井原と申します。井原千恵《ちえ》です」

「井原さん……。何のご用でしょうか」

心当りはなかった。

井原千恵と名乗ったその女は、ちょっと周囲を見回して、

「お話があって、うかがったんです」

と、言った。「うちの主人と、お宅の奥様のことで」

「家内のこと？」

「何もご存知ないんですね」

と、井原千恵は言った。「夫の名を聞かれたことも？」

「いや……。憶えがありませんね」

と、大畑は言った。

「少し時間はございます？」

と、その女は言った。

居間のドアを開けて、大畑は、一心にチェロを弾いている早苗に声をかけようとしたが、つい、かけそびれて、しばらく突っ立っていた。

一区切り、弾き終ったのか、早苗は手を休めて、譜面に赤鉛筆で印をつけた。

「——早苗」

「キャッ!」

と、早苗は椅子から飛び上りそうになった。「——お父さん! びっくりした!」

「いや、すまん」

と、大畑は言った。

「いいけど……。ずいぶん早いのね、今日は」

まだ六時を回ったところだ。——いつも夜中にしか帰らない父親を見て、早苗がびっくりしたのも当然かもしれない。

「うん……。一位になったなって、会社の奴にも言われたぞ」

「へえ。そんな記事、見てる人もいるんだね」

と、早苗は言って笑った。

「今は、何の練習だ?」

「コンチェルトがね——第一位の副賞の一つなの。オーケストラと弾くのよ」

「そうか。そりゃ凄いな。頑張れよ」

「うん」

大畑は、早苗と布子が、いつの間にか、自分とは無縁の存在になってしまったような気がして、ふと胸が痛んだ。

「──母さんは？」

「インタビューのことで、雑誌社の人と会ってるわ。七時ぐらいには帰るって」

「そうか」

「お腹《なか》空いた？」

大畑は、ちょっと笑って、

「飢え死するほどじゃないさ」

と、言った。

「私、死にそう！　ね、二人でインスタントラーメン作って食べない？」

「食べよう！」

と、大畑は手を打って、言った……。

台所のテーブルで、二人で食べるラーメンは、旨《うま》かった。

「最高だな」

と、大畑は言った。

「安上りね」

と、早苗は笑って言った。

「――なあ、早苗」

「うん？」

「井原って人を知ってるか」

早苗は食べる手を止めた。――大畑は、熱い汁を飲んで息をつくと、

「お前のために、ずいぶん金を出してくれてるのか」

「うん」

と、早苗が肯く。「お父さんに言うと気にするから、黙ってなさい、って」

「やれやれ。俺も見くびられたもんだ」

「そんなんじゃないわ。お金持で――お母さんの、大学時代のお友だちなのよ」

「大学の？――そうか」

と、大畑は肯いた。「お前も会ったことがあるのか」

「うん。――二、三度」

「いくらぐらい出してもらってるんだ？」

早苗は、少しためらったが、

「あのチェロを買うのに一千万、今の弓が七百万、他に、ドレス代だとかレッスン料とか……」

大畑は唖然とした。

「――そんな大金を!」

「でも、とってもいい人よ。音楽家の世界じゃ、珍しいことじゃないし」

「父親の俺が、礼も言わないで、か」

と、大畑は苦々しげに言った。

「お母さんも、言いにくいんだと思う。――ね、怒らないで」

「ああ」

と、大畑は肯いた。「しかし……」

「何なの?」

「お前――知ってるのか」

「何を?」

「母さんと、その男――井原のことだ」

早苗は、しばらく呆気《あっけ》に取られていたが、

「お父さん、まさか……」

と、言いかけて、早苗は笑い出してしまった。

「何もおかしくない！」

と、大畑はふくれっつらになった。

「だって……。そんな、ＴＶドラマみたいな話！――お母さん、私のことで手一杯よ。井原さんだって、社長さんで、忙しいし、そんな、浮気なんてしてる暇、あるわけないわ」

「しかし……わざわざ井原って人の奥さんが、会社にやって来たんだ」

「じゃ、女の人でも作ってるのかもね、井原さん。でも、お母さんじゃないわよ。いくら何でも……。そんなことと引きかえにお金を出してもらうなんて。それこそ、メロドラマじゃないの」

「まあな……」

大畑も、早苗にそう言われると、そんな気がして来る。

玄関の方で、物音がした。

「――ただいま」

「お母さんだ」

早苗は、立ち上って、「お母さんには言わないで、そんなこと。ね？」

「ああ……」

大畑は、渋々肯いた。

「大好き！」

早苗は、大畑の頬にチュッとキスした。

「おい、何するんだ」

どぎまぎしている大畑を尻目《しりめ》に、早苗は玄関へと駆けて行った……。


あれが、井原か。

大畑は、ホテルのロビーで、隅の方のソファに座っていた。

最近のホテルは、せちがらくなって来たというのか、タダで座れる場所がなくなって来ている。このロビーにしても、以前仕事で大畑が来た時には、ただソファが並べてあって、待ち合せに便利だったのだが、今は喫茶のラウンジを広げて、このロビーまで、何か飲物を注文しないと、座っていられなくなってしまった。

それでも、ちょうどホテルを出入りする客を、目立たない所から見張っていられる、都合のいい席が取れたのは、運が良かったと言うべきかもしれない。

井原は、一見して外国製らしい、革のジャケットを着ていた。——間違いない。

井原の妻、千恵が見せてくれた写真通りの男だ。布子と同級といえば、四十五歳ということになるが、年齢の割には細身で、スマートではある。

大畑は、何だか惨めな気持だった。——こんな風に、自分の妻が浮気しているかどうか、探らなくてはいけないはめになろうとは、思ってもいなかったのだ……。

もちろん、早苗の言葉で、大分安心はしていた大畑だが、また井原千恵から会社に電話が入って、

「今日、ホテルNで会っているはずです」

と知らせて来たのだ。

そう言われると、やはり大畑も落ちつけなかった。仕事はあったが、急に歯が痛み出したと言って、何時間か、外出の許可を取ったのである。

本当に井原の姿を見たことで、大畑はやはりショックを受けた。では、やっぱり布子が……。

井原が、会計で支払いをすませている。かなりの常連なのだろう。係の方も愛想がいい。

一人だろうか？　女の方は後から出て来るのか？

今日も、布子は出かけている。大畑は家へ電話を入れてみたが、留守番電話がセットされていた。

このところ、布子はすっかり早苗のマネージャーのような感じで、駆け回っている。もちろん、本格的に、早苗がプロとして活動を始めるのなら、とても布子の手におえないだろうが。

ともかく、

「仕事の連絡も多いから」

と、留守番電話を入れたのが、目下のところでは、マネージャーらしい、唯一の「道具」と言えた。

「井原様、ありがとうございました」

と、会計の係が言っているのが、聞こえて来る。

井原は、すぐにホテルを出ようとはしないで、立ち止ってエレベーターの方を見ている。

やはり、女が出て来るのを待っているのだろうか。

といって——もし、布子が出て来たら……。どうしたらいいのだろう？

大畑は、何も考えていなかった。

まさか、こんな人目の多い所で、夫婦喧嘩《げんか》を始めるわけにもいかないし、といって、のこのこ出て行って、

「いつも妻と娘がお世話になってます」

と、挨拶《あいさつ》するのも、妙なものだ。

少し冷めたコーヒーを飲もうとして、カップを持つ手が震えているのに気付いた。

井原が、ちょっと手を上げて見せる。——女が来たのだ。

大畑は、大きく息をついて、そこに妻の姿があるかどうか、確かめようと顔を向けた。

「ねえ、お腹空いたわ」

「何が食べたい？　夕飯には早いぞ」

「いいわよ、二度食べるから」

女はそう言って、井原の腕を取った。「車は？」

「すぐ出すよ。行こう」

——見たこともない女だった。

赤いスーツの、派手な感じの女だ。まだ二十代だろう。腰がくびれるように細く、お尻が大きい。男の目をひく雰囲気のある女である。

二人がロビーを出て行くのを見送って、大畑は、ホッと息をつくと、今度はコーヒーを一気に飲み干してしまった。

——布子が浮気か！　冗談じゃないよ、全く！

大畑は、歌でも歌い出しそうな気分だった……。


井原は、一ブロックほど、ＢＭＷを走らせて停めた。

「ご苦労さん」

と、井原は、赤いスーツの女に金を渡した。「もうここでいいよ」

「ありがとう」

と、女は微笑んだ。「変なアルバイトだったわ」

「忘れてくれ」

「ええ。こんなに楽な仕事なら、いつでもどうぞ」

そう言って、女は自分でドアを開け、出て行った。

井原は、腕時計を見て、それから通りへ目をやった。——彼女がやって来た。

「——待った？」

「いや、今、来たところだよ」

と、井原はドアを開けてやった。

「うまく行った?」

「大丈夫だ。もう疑ってないだろう」

と、井原は言った。「さ、乗れよ。——チェロは後ろの座席にのせた方がいいだろう」

4

「本日は、おめでとうございます」

と、挨拶されて、布子は、

「まあ、わざわざおいでいただいて」

と、頭を下げながら、誰だったかしら、この人、と考えていた。

ああ、そう。——北沢先生の所のお弟子さんのお母様だわ、名前は思い出せないけど……。

「本当にすばらしいわね。早苗ちゃんによろしくお伝え下さいな」

「ありがとうございます」

と、また頭を下げた。

一体、今夜、何回頭を下げただろうか？　何だか、クラクラして来そうだった。

おめでとうございます。——結婚式でもないのに、そんな風に言われることがあるとは、思ってもみなかった。

今日は、早苗の受賞記念のコンサート。オーケストラに客演して、ハイドンのコンチェルトを弾く。

ホールのロビーはシャンデリアの光が溢《あふ》れて、華やかだった。

北沢には、最初に挨拶していたし、顔をよく知っている人たちとも、一応話をしていた。

——もう楽屋へ行っていようか。

布子は、その時、入口から、見慣れた顔が入って来るのを見て、目をみはった。

「——あなた！」

「やあ」

と、大畑は息を弾《はず》ませて、「間に合ったか！」

「どうしたの？　お仕事だって……」

「うん。接待があったんだ」

と、大畑は言って、「立派なホールだな」

「構わないの？」

「いや、向うが早苗のことを知ってたんだ。今日がコンサートだって言ったら、そりゃぜひ行きなさい、と言われてな」

「まあ。話の分る方ね」

「子供がやっぱりチェロを弾いてるんだとさ。頑張ってくれ、と俺が励まされたよ」

「まあ」

と、布子は笑った。

「席、あるかな」

「事務所の人に訊いてみるわ。大丈夫よ」

「そうか。いいのか、お前は早苗についていてなくて？」

「ええ、そろそろ……。あ、井原さん」

布子は、ちょっとぎこちない笑顔になって、やって来た井原を迎えた。

「あの——主人なの。こちら、井原さん。私と大学で一緒だったのよ。早苗のことを……色々応援して下さってるの」

「そりゃどうも」

大畑は、ごく自然に、井原と握手していた。

「才能のあるお嬢さんをお持ちで羨《うらやま》しいですよ」

と、井原は言った。「うちの子はピアノを弾きますが、〈猫ふんじゃった〉だけです、上手《うま》く弾けるのは」

——和《なご》やかな笑顔が、三人の間に交わされた。

「では、また休憩時間に」

と、井原が行ってしまうと、布子は、

「じゃ、ちょっと待っててね」

と、受付のテーブルへ駆けて行って、切符を一枚持って戻って来た。「これ、あなたが使って」

「分った。二階か」

「そう。済んだら、楽屋へね」

「どこから行くんだ？」

「そっちの通路の奥よ。矢印があるから、分ると思うわ」

「分った。捜して行くよ」

「じゃ、早苗の所に行ってるわ」

「ああ」

「きっと喜ぶわ、お父さんが来てると知ったら」

そう言って、布子は、足早に人の間を縫って歩いて行った。

——あと十分ほど時間があった。

コーヒーでも飲むか。

急いで来たので、喉《のど》が渇いている。——ドリンクコーナーに並んで、コーヒーをもらった。

柱にもたれてコーヒーを飲んでいると、

「失礼ですけど」

と、声をかけて来たのは、目のさめるような美女——というわけにはいかなかった。もう六十近いかと思える、その割には派手な格好の婦人である。

「何でしょうか」

と、大畑は言った。

「さっき、ちょっとお話が耳に入って……。大畑早苗さんのお父様ですか」

「そうですが」

「まあ、それは……。本当にすばらしいことでしたわね」

と、その老婦人は笑顔で言った。

「恐れ入ります」

と、大畑は言った。

「本当に良かったわ。お宅の娘さんに使っていただけて、あのチェロも幸せというもんですわね」

「あのチェロといいますと……」

「今、早苗さんのお使いになっているチェロです。あれは、私の手もとにあったものですの」

「ああ。――そうでしたか」

「主人がチェリストでしてね。もうずいぶん前に手に入れた物だったんですけど、主人が亡くなっても、しばらく手放す気になれませんでね」

「はあ」

大畑も、早苗から、売る間際になって、二千万が三千万にはね上った話を聞いているので、何となく複雑な気分だった。

「でも良かったわ、本当に」

と、その老婦人は自分で肯きながら、「あんないいお値段で買っていただけるなんて思ってなかったんですよ」

「はあ……」

「でも——」

と、その老婦人は、ちょっと不思議そうに、「さっき握手してらした男の方ね」

「握手?——ああ、井原という人ですか」

「井原さん? やっぱり……」

と、老婦人は肯いた。「でも、変ねえ」

「どうかしたんですか?」

「あの人が、私にあのチェロを売ってくれ、と言って来られたんですよ」

「チェロを?」

井原はチェリストというわけじゃあるまい。

「ええ。で、私がもうあれは二千万円で売る約束になっている、と申し上げると、三千万円出す、とおっしゃって……」

「何ですって?」

「ねえ。びっくりしました、こちらも。少しぐらい上げるのならともかく、いきなり一千万もですから」

「それで……どうしてお売りにならなかったんですか」

「困ってしまいましたの。私も、楽器の値打などよく分りませんし。で、お預けしてあった楽器商の方へ、その話をしましてね、そちらへ任せると申したんです」

「じゃ、楽器商の方で決めるということになったんですか」

「お宅へ話していただいて、三千万でいいということになったから、と……。何だか、こっちが急に値をつり上げたようで、申し訳なくて」

「いや——そんなこと、気になさらないで下さい」

と、大畑は言った。「充分に、その値打はあったと思っていますよ」

「そうおっしゃって下さると……。あ、もう始まるようですわね」

ロビーに、チャイムが鳴り渡って、その老婦人は、「じゃ、楽しみに聞かせていただきますわ」

と、立ち去って行った。

——大畑も、チケットの席へと向いながら、今の話を、必死に頭の中でくり返していた。

値をつり上げたのは、井原だった？　しかし、何のために？

しかも、井原は、一千万も出して、早苗がそのチェロを手に入れられるようにしたのだ……。

井原と布子は大学の同級生だ。その二人が、たまたま同じチェロを手に入れようとするなんてことが、あるだろうか？

席につくと、大畑は、ステージに置かれた椅子を見つめた。指揮台のわきに置かれた椅子。――あそこに、早苗が座るのだ。

場内の明りが落ちて、オーケストラの並んだステージが明るくなる。

少し間を置いて、早苗が現われた。――ホールが拍手で埋る。

真紅のドレス。あれも井原の金で買ったのだろう。

チェロが、早苗の手にはずいぶん重そうに見える。

――そうか。

大畑は肯いた。そうだったのか。

やはり、井原の目的は、布子だったのだ。おそらく、もとから井原は布子のことを調べて知っていた。そして、あのチェロを買おうとして、苦心して金を作っていることも、分っていたのだ。

そこで、あの持主の婦人に話をもちかけて、値を高くさせ、布子の手に入らないようにした。

おそらく――うまく出会いを演出し、不足分の一千万を、善意から出してあげる、と言い出して……。

その目的は？――布子だ。

あのホテルの女は、井原の別の女の一人なのかもしれない。ともかく、井原が布子に恩を売って、近づこうとしたのは間違いない。

何て奴だ！

オーケストラが鳴り出して、大畑はハッと我に返った……。

「――ちょっと」

と、フロントの係が、ベルボーイを呼んだ。

「はい」

若い、まだ張り切っているそのボーイは、フロントまで駆け足でやって来た。

「悪いけどな、一〇三五を覗いて来てくれ」

と、フロントの男は、マスターキーを渡しながら言った。

「一〇三五ですね」

「うん。井原様が泊っておいでなんだが、もう午後の三時だ。まだチェックアウトしていない」

「おやすみですかね」

「部屋へ何度か電話を入れたが、出ないんだ。具合でも悪いと困る」

「分りました」

「頼むよ」

ボーイは、エレベーターの方へと、大股《おおまた》にきびきびとした足取りで、歩いて行った。

井原か。確か、まだ四十代くらいだが、どこかの社長で、金持なのだ。——若い女をよく連れて来て泊るのも、ボーイは知っていた。

女を相手に頑張りすぎて、のびてるのかな、とボーイは思った。

エレベーターで十階につく。——一〇三五は、スイートルームである。

一応、チャイムを鳴らしたが、返事はなかった。マスターキーで、ドアを開ける。

「——失礼いたします」

と、中へ入って、奥の方へ。

リビングには誰もいない。すると、やっぱり、ぐっすり眠り込んで……。

寝室は暗かった。ボーイは手探りで、明りのスイッチを押した。

——ボーイが部屋から廊下へ転り出るまで、何十秒とはかからなかった。

ボーイが真青になって駆けて行くのを、すれ違った客が、不思議そうに眺めていた。

5

取っていた。

と、その男が声をかけて来た時、大畑と布子、早苗の三人は、珍しく一緒に昼食を

レストラン、といっても、高級な店ではなく、〈Aランチ〉が手ごろな値段、とい

う店である。

「失礼ですが——」

と、大畑が顔を上げた。

「何です？」

と、男は手帳を覗かせて、「ちょっとお話ししたいんですが」

「警察の者です」

と、布子が言った。

「——何のご用ですの？」

その刑事は、空いた椅子を持って来て、座った。本当は一つ空いているのだが、そ

こには「チェロ」が大きな顔で居座《いすわ》っている。

「井原という人をご存知ですね」

と、刑事が言った。

「井原さん？　ええ、存じてます」

「殺されたんですよ」

刑事の言い方が、あまりあっさりしていたので、すぐには三人とも返事をしなかった。

「——何てことでしょ」

と、布子が言った。「強盗か何かでしょうか？」

「いや、そうではないようです」

と、刑事は言った。「ホテルNのスイートでした。ベッドの上で殺されていたのです」

「すると……女性関係ですか」

と、大畑は言った。

「おそらく。——犯人はまだ分っていませんが……」

刑事は少し間を置いて、言った。「凶器が少し変っていましてね」

「というと？」

「これは、凶器と同じものです」

刑事がポケットから出してテーブルに置いたものは——弦だった。

「チェロの弦だそうですな」

と、刑事は言った。「これで首をしめられたのです」

布子は呆気に取られたように、

「どうして……。信じられません」

「そうですか？」

と、刑事は言った。「少し聞き込みをして、こちらへお話をうかがいに来なくては、ということになったんです」

「どういうことですの？」

「——お嬢さんは、井原さんと、かなり親しい仲だったようですな」

早苗は、真青だった。——じっと、テーブルの上の弦を見つめている。布子が呟くように言った。

「——早苗が？」

「そうです。違いますか？」

早苗は、刑事の目を見返すと、

「そうです」

と、答えた。

「時々、あのホテルに泊っていた」

「はい」

「なるほど。――井原さんを殺しましたか」

沈黙は、永遠のように長かった。

「答えたくありません」

と、早苗は言った。

「なるほど」

刑事は、肯いた。「また、伺います。お出かけにならないように」

刑事は、席を立って、レストランを出て行った。

三人とも、時間が静止したかのように、身動きもしなかった。

やっと口を開いたのは、布子だった。

「――早苗がやるはずないわ」

「当り前だ」

と、大畑が強い調子で言った。「そうだろう?　なぜ、やってない、と言わなかった?」

早苗は答えなかった。――立ち上ると、

「家へ帰ってる」

と言って、チェロを肩から下げ、歩いて行った。

「――早苗」

と、大畑は言った。「待て。――おい」

早苗は駆け出した。レストランを飛び出すと、道を、人をはね飛ばすようにして駆けて行く。

「――待って!　早苗!」

「早苗!」

布子も、追った。

早苗が、広い通りへ飛び出す。信号のない場所だった。

車のブレーキが鳴る。

「早苗!」

布子が悲鳴を上げた。

早苗の体は、チェロと一緒に、通りの真中へ投げ出されていた。

「——今のところは、何とも」

と、医師が、無表情な声で言った。「まあ今夜がやまだと思います」

「どうかよろしく……」

大畑と布子は頭を下げた。

何て無力なんだろう、と布子は思った。親は誰よりも子を愛しているはずなのに。それなのに、死にそうな子を前に、何もできないのだ!

——夜も遅くなっていた。

大畑と布子は、病院の待合室の長椅子に腰をおろしていた。もちろん、誰も他にはいない。

いや——あのチェロが、廊下に横たわっていた。

ケースごと車にぶつかってひどくへこんでいる。中のチェロも、無事ではあるまい。

しかし、そんなことは、どうでも良かったのだ。ケースを開けて見る気にもなれなかった……。

「俺が馬鹿《ばか》だった」

と、大畑が言った。「勘違いしていたんだ。——何もかも」

「あなた……」

「井原とお前が、関係があるんだと思ってた……。井原の奥さんはそう言っていたんだ」

「私と？」

「チェロの値段のことで、俺は井原が、お前のことを前から狙《ねら》ってたんだと思った」

「何の話？」

大畑は、チェロの前の持主だった、あの老婦人の話をくり返した。

「——やっぱり井原がお前に恩を売っていたんだ、と俺は……。あのコンサートの夜、俺は、早苗にそのことを話してしまったんだ！」

「待って」

と、布子は言った。「早苗が殺したとは限らないわ。本人はそう言ってるわけじゃないし」

「ああ……。そうだな」

と、大畑は肯いた。「しかし、——井原みたいな奴、殺されて当然だ！　娘みたいな若い女に手を出すなんて。たとえ早苗の方が惚《ほ》れたとしても……」

夫の声が、遠ざかって行くようだった。

そうか。——井原は、私に近付こうとして、あんな芝居を仕組んだのだ。

布子は、胸の奥に、深くうずくものを覚えた。

私も——私も、井原に誘われるのを期待していたのではなかったか。

いつそうなっても、少しもためらわなかっただろう。井原の中に、私は自分の青春の残照を、見ていたのだ。

心の中では、布子はとっくに、夫を裏切っていた。

しかし——しかし、何ということだろう！

井原は、布子に、自分の求めていた「布子」を見付けられなかった。その代り、あのころの布子と同じ年代の早苗に、「若い日の布子」を見出《みいだ》したのだ……。

馬鹿な！　何という愚か者。私は——私こそ、救い難いほどの馬鹿だったのだ。

井原の好意を、自分への好意と信じて疑わなかった……。

鏡を見るがいい。明るい光の下で。

青春の日の面影《おもかげ》が、どこにあるだろう？　恋された女子大生の幻影さえ、どこにも見出せないことくらい、分っているべきだったのだ。

そんな誤解さえしていなければ、早苗が井原にひかれ、井原が早苗にひかれていることが、分ったはずだ。

何も知らずに、井原の笑顔に胸をときめかせていた。——その愚かさの罰を、今、受けているのだ。

——早苗。早苗。

殺すのなら、なぜお母さんを殺さなかったの……。

布子は泣き出した。

足音がした。

「おい……」

大畑が、布子の肩を抱く。「しっかりしろよ。だめと決ったわけじゃない」

「——どうも」

顔を上げると、あの刑事が立っていた。「こんな時に、申し訳ありません」

布子は涙を拭《ぬぐ》って、

「娘は逃げたりしませんわ」

と、言った。「死んでしまうかもしれないんです。その娘に手錠をかけるおつもり？」

「いやいや」

と、刑事は首を振った。「お知らせに来たんですよ。犯人は井原さんの奥さんでした」

大畑も布子も、唖然とした。

「――井原さんには、お嬢さんの他にも、何人か女性がいたようです。その一人と付き合っていたところへ、奥さんが乗り込んで行ったというわけです」

「しかし――あの弦は？」

「話がこじれて、奥さんが、井原さんのコートをつかんだ時、ポケットにあの弦が入っていたんだそうです。――お嬢さんにうかがわないと分りませんが、切れた弦を、捨てるつもりでポケットへ入れておいたのじゃありませんかね。奥さんは、別に誰に罪を着せるとかいうのでなく、とっさにあの弦で夫の首をしめたようです」

「自白……したんですか」

と、大畑は訊いた。

「ええ。――お嬢さんが助かるように祈ってますよ。では」

刑事が足早に立ち去る。

大畑と布子は、しばし、言葉も出なかった。

「あなた」

と、布子が言って、大畑の腕をつかんだ。

早苗の病室に、医師が足早に入って行くのがみえる。

二人は、立ち上って、しっかりと手を握り合ったまま、動かなかった……。

病室のドアを開けて、

「どう？」

と、布子は言った。

「お腹空いて、死にそう」

ベッドで、早苗が言った。

明るい光が、病室に溢れている。――そろそろ春の陽射しだった。

「仕度するのも大変なのよ。――足は？」

「うん……かゆくて死にそう」

「良くなってるからよ」

と、布子は言った。「死にそう、死にそう、って言ってるうちは大丈夫」

布子が持って来た弁当をあけると、早苗は、ちょっと体を起した。

「――昨日、チェロが修理から戻って来たわよ」

「本当？　早く弾きたい！」

「無理しちゃだめ。完全に治るまで待つのよ、いい？」

「分ってる」

早苗は、さっさと食べ始めた。

「でも……、あのチェロのおかげで、あなたが車にぶつかった時、ずいぶん助かったんですってよ。良かったわ、やっぱり」

「銘器だから助かった、ってわけじゃないけどね」

と、早苗は笑って言った。

「そりゃそうね」

——早苗は一気にお弁当を半分近くも食べてしまうと、

「お茶ちょうだい」

と、言った。

「はい」

「ありがとう。——お母さん」

「うん？」

「あのチェロ……。ずっと持っててもいいの？」

「どうして？」

「お金、かかるわよ」

「心配しないで」

と、布子は首を振って、「もう無理はしないでやっていくから」

「うん。——分相応にね」

「お父さん、張り切ってるわよ。最近はチェロの曲ばっかり家で聞いてる」

「へえ。演歌しか聞かなかったのに」

と、早苗は笑った。

「ねえ早苗」

「何？」

「一つ訊きたかったんだけど……。刑事さんに訊かれた時、どうして、井原さんを殺してない、って言わなかったの？」

早苗は、ちょっと母親を見つめて、

「お母さんが殺したのかと思ったからよ」

と、言った。

「私が？」

「そう。――だって、お母さんも、井原さんのこと、好きだったんでしょ」

布子は、しばらく、娘を見ていた。

私の青春、私の恋の残り火は、もうこの娘の中に、すっかり移ってしまったのだ。

「私が好きなのはね、お父さんだけ」

と、布子は言った。「分相応にね」

そして、布子はちょっと笑った。

その笑いは、早苗には分らなかっただろうが、華やかなステージから、最後のアンコールを終えて退場する足音の遠いこだまを、奥深く響かせていたのである。

ハープの影は黄昏に

1

暮れかけて、空の色が濃い青から次第に暗くかげり始めるころ、私はまだ森の中にいた。

こんなことは初めてだ。いつもなら、この時刻には叔母《おば》の屋敷へ戻って、シャワーを浴びているか、それとも、もう着替えまですませて、図書室で本でも開いているか。

夏休みに叔母の家へやって来て十日、未《いま》だに〈荒涼館〉を読み終らない。急いで読む必要もない、という読み方も、楽しいものだと私はここへ来て初めて知ったのである。

いや、そんなことはともかく――。今日はどうしてこんなに遅くなったのだろうか。

そうか、出かけようとして、もう乗馬服に着替え、仕度をすませたところへ、叔母の知り合いという男の人がやって来て、私までしばらくその退屈な話に付き合わなくてはいけなかったのだ。

「本当に退屈な奴《やつ》だったわね。グレイフォックス」

私は、鈍い灰色の愛馬の首を、軽く叩《たた》きながら言った。グレイフォックスはこうされるのを喜ぶのだ。

いつものコースを辿《たど》っていたのでは、森を出ないうちに、夜になってしまう。この土地の人間でもない私には、夜の森を、方向も違えずに馬を進める自信はなかった。

「近道しよう」

私は、手綱《たづな》を引いて、グレイフォックスの歩みを止めた。

「――ここを通れば、湖に出るわね」

けもの道というにも細いほどの、頼りなげな道が木立ちの間を伸びていて、方角からいって、間違いなく、いつもぐるっと回っていく道を、短絡する近道に思えた。

「よし、今日はこっち」

私は、グレイフォックスの腹に軽くけりを入れて、その細い道を進み始めた。

――それにしても、今日の叔母は、いつもの叔母らしくなかった。

高校一年生の時以来、三年ぶりでやって来た私を、叔母は本当に行き届いた気配りをして迎えてくれた。このグレイフォックスも、叔母は去年から飼っているのだと言ったが、実は私が来るというので、手に入れてくれたものだと私は母から聞かされていたのだ。

もちろん、叔母に対しては、叔母の言葉を信じるふりをすることにしていた。

大学受験のために、この二年というもの、馬から離れていて、私は懐しさすら忘れかけていた。それを取り戻すために、大学一年の夏休みという、一番暇な時間を、友だちのあらゆる誘惑を振り切ってやって来た。

そして十日間。——途中、ひどい雷雨の日があったが、その一日を除いて、私は毎日、午前中は叔母の屋敷の裏手の馬場で、午後はこの森をめぐるコースで、グレイフォックスに乗り続けているのである。

早くに連れあいを亡くし、子供もいない叔母は、私のことを娘同様に思ってくれているらしい。母の、腹違いの妹に当る叔母は、口やかましくて干渉がましい母とは違って、私を大人として扱い、自由を尊重もしてくれている。

もちろん、そう言ってしまっては、いささか母に対し、不公平になるだろうとは思う。叔母が私に優しいのは、何と言っても「母親ではないから」なのだ……。

でも、その叔母が今日は、私の、早く馬に乗りたいという気持を知っていながら、わざと気付かないふりをして、あの退屈な男に付き合わせたのである。——なぜだろう？

男の名は——もう忘れてしまった。いや、確か……そう、木戸《きど》といったが、まだそれほどの年齢じゃなかった。せいぜい三十代の半ば。でも、受ける印象は、疲れ切って、妙にわけ知りぶった中年男だった……。

もういい。忘れよう。きっと、二度とやって来ないだろうし、もし来ても、二度と、あんな男の話に付き合ったりしない！

「——どうしたの？」

グレイフォックスが急に足を止めたので、私は言った。「何かあるの？——ほら、行って。暗くなっちゃうわ」

事実、森の中は、いささか私が焦《あせ》ってしまうくらい、暗くなり始めていたのである。しかし、グレイフォックスは進まなかった。まるで、目の前に見えない壁があるかのようだ。こんなことは初めてだった。

困った私は、馬から降りて、手綱を引いて歩き出した。グレイフォックスも、渋々、という様子で歩き始める。

その時——こんな森の中で聞こえるはずがないものが、私の耳に届いて来た。

音楽。それもハープの調べだ。白い指がかき鳴らす数十本の弦。

その響きが、暮れかけた森の中へ広がって行く……。

どこから聞こえて来るんだろう？　左右へ目をやって——私は自分の目を思わず疑ったのだ。

今まで全く気付かなかったが、小さな、しかし小ぎれいな造りの家が一戸、木立ちの間を透《す》かして見えている。ハープの調べは、間違いなくその家から聞こえて来るようだ。

誰がこんな所に住んでいるんだろう？

この森も、叔母の持物なのだ。こんな所に誰かが住んでいるなどということを、叔母は一度も言ったことがない。

でも、確かに、その家の一隅は明るい光を溢《あふ》れさせていた。

そしてハープの調べは、その明りの辺りから、洩《も》れて来ている……。

一体誰が、こんな所でハープを弾《ひ》いているんだろう？　私は夢でも見ているのではないかと、何度も目をこすったくらいだ。十日間、毎日通った森である。いくらこの道は通らなかったといっても、叔母以外の誰かがここに住んでいるのなら、その気配ぐらいはありそうではないか。

だが、何度目をつぶり、開いてみても同じことだった。そこには花で飾られた、いささか舞台装置風の白い家があり、つつましやかに息をひそめている様子だったのだ。

――こんなことしちゃいられないんだ。

私は、もう日が暮れかけていることを思い出して先を急ごうとした。

すると、一旦《いったん》止《や》んでいたハープの音が、また……。その調べは、見えない糸のように私の足をからめとり、先へ進めなくしているかのようだった。

しかし、私はそれで苛立《いらだ》ちはしなかった。むしろ、引き止められることに快さを覚え、できることなら、ずっとこの場にたたずんでいたい、とさえ願っていたのだった……。

いけない。帰らなくちゃ。叔母さんが心配するだろう。

そう思いながら、いつの間にか私の足は、その白い家に向って動き始めていた。

足音を忍ばせて――といっても、グレイフォックスの方にも、足音をたてるな、とは言えない。手綱を手近な木の幹につないで、軽く首筋を叩いてやってから、私は一人、その家へと近付いて行った……。

明りの点《つ》いているのは、小さな部屋で、音楽室ででもあるのだろうか、窓枠で切り取られた限られた風景の中に、古びたピアノが覗《のぞ》いていた。

——どうしよう？　覗いて見たりするのは失礼なことに違いない。

でも、私の好奇心はとても抑え切れないほどふくらんでいた。——見付かってたとえとがめ立てされたとしても、私の方には叔母の名前を出せば大丈夫という気持があった。

ともかく、私はそっと窓からその部屋の中を覗いて見たのだ。

——それは、不思議な光景だった。映画でも見ているのだろうか、と私は思った。いや——不思議といっても、別にハープが勝手に一人で鳴っていた、とか、人間でない生きものが弦をかき鳴らしていたというのではない。

ハープを弾いているのは、いかにもそれにふさわしく見える二十七、八歳ぐらいの女性で、きれいに鼻筋の通った横顔が、震える弦を背景に、ほのかな光に照らされて、浮かび上っていた。

そのどこが不思議だったのか、正確には言えない。ただ、その女性の、フワリと広がった服といい、髪型といい、どれもがずいぶん古風で、まるで昔の写真から抜け出して来たように思えたのは確かだった。

彼女が奏《かな》でていたのは何という曲なのだろうか？　音楽には一向に詳しくない私に

は、聞き憶《おぼ》えさえなかったが、どこかメランコリックな、郷愁をかき立てられるような曲だった。

　ふと、その白い指が止ると、女性の目が私の方を見た。――けれども、いぶかしげに見たわけではなく、まるで私がそこにいることを、前から知っていた、という様子だった。

　窓は少し開いていた。私は、逃げ出すのも却《かえ》っておかしいと思って、

「勝手に聞いて、すみません。乗馬をしていて、通りかかったもんですから」

と、言った。

「構わないのよ」

と、その女性は微笑《ほほえ》んで言うと、「お入りなさい。そっちへ回ると、戸があるわ」

と言って、立ち上った。

その立ち居振舞も、優雅なものだ。ごく自然で、それでいて上品だった。

私は促されるままに、庭へ出る戸が少し開いた所まで回って、中へ上り込んだ。

「――さあ、どうぞ」

小さいけれど快適にしつらえた居間で、その女性は香りの高い紅茶を出してくれた。

この匂い……。私はどこかで、この紅茶を飲んだことがある、と思った。たぶん、

ずっと昔に。

でも、いつ、どこでの記憶なのか、思い出すことができない。

「すみません」

私は、それでもいささか緊張しながら、かしこまっていた。「お上手ですね、ハープ」

「ありがとう」

と、その女性は自分の分も紅茶をカップに注ぎながら、「あなたは岐子《みちこ》さんね」

名前を言われて、びっくりしたが、不思議なことではなかった。この森に住んでいるからには、叔母の知人に違いないし、叔母から私が来ていることも、聞かされていたのだろう。

私は、ゆっくりと紅茶を飲んで、

「――あの、叔母から、あなたのことをうかがったこと、ないんですけど」

と、言った。

「そうでしょうね」

「叔母の……どういうご関係なんですか?」

私の質問に、その女性は微笑んだだけで、答えなかった。――答えたくないのだろうと思って、私はそれ以上、訊かないことにした。

「――ごちそうになりました」

と、私は紅茶を飲み終えて、「行かないと……。暗くなっちゃうと迷ってしまいそう」

「大丈夫よ。まだ明るいわ」

と、その女性は言った。

「でも――」

外へ目をやると、確かに、さっきここへ入って来た時から、外の明るさは少しも変っていないような気がする。

「一曲、弾きましょうか」

と、その女性は言った。

少し迷ったが、いいえ、結構です、とは言えなかった。

小さな音楽室へ移って、その女性はハープを弾いてくれた。――さっきとは違う曲だが、やはり優しくて哀愁を帯びた調べが、しばし、時を忘れさせた。

ふっと我に返って、いけない、と思った。ずいぶん長い時間、ハープに耳を傾けていたような気がする。

「──もう行かないと」

と、唐突だったが、私は立ち上った。

演奏を中断されても、別にいやな顔をするでもなく、その女性は手を止めて、

「そうね、じゃ、気を付けて」

と、立ち上った。

私はあの居間を抜けて庭へ出ると、

「お邪魔しました」

と、頭を下げた。

「いつでも来てね」

と、その女性は言って、「それから、叔母さんに、私のことは話さない方がいいでしょう」

と、付け加えた。

「どうしてですか?」

「たぶん、私のことはあまり話したくないと思っておられるから」

──私はそれ以上、訊かずに失礼することにした。

グレイフォックスは、おとなしく私の戻るのを待っていた。

「ごめんね、待たせて。——さ、早く帰ろうか」

それにしても、まるで夢の中で見たような、奇妙な出会いだった、と私は馬を進めながら思った。

そして、もう一つ不思議だったのは、森を抜けてもまだ辺りが明るかったことだ。おかしなことだった。確かにさっきは今にも黒い夜の幕が下りて来るかと思えるほどだったのに。

それとも雨雲でも出たのを、黄昏《たそがれ》と勘違いしたのだろうか？　時計が狂っていたのか……。

私が叔母の屋敷へ戻り、グレイフォックスをうまやへ入れても、結局まだ辺りは少し明るかった。

屋敷の建物へと歩いて行くと、

「——お帰り、岐子さん」

二階の窓が開いていて、叔母が手を振っている。

「ただいま」

「どうだった、今日は？」

「ええ、楽しかったわ」

と、私は答えた。

「お腹が空《す》いたでしょ？　すぐ仕度させるから」

そう言って、叔母は窓を閉じた。

叔母は、私が馬に乗るのを、別に反対はしない。でも心配はしているのだ。

そうでなければ、こうして毎日、帰る度《たび》に、窓から私のことを見ていたりしないだろうから……。

そう。昨日も、私は叔母と全く同じ会話を、二階の窓と下とで、交わしていたのだ。

早くシャワーを浴びてすっきりしよう。夕食の時、お腹がグーグー鳴っても、みっともないというものだから……。

2

「明日ね、お客様がみえるの」

夕食の席で、叔母は言った。

「そう」

私は、パンを取ってちぎった。

珍しいことだ。叔母は、あまり人付き合いの多い方ではない。こんな所に一人で住んでいるのを見ても、それは分るだろう。――もちろん、メイドさんは置いているのだけれど。

今日の木戸という男性に続いて、二日も客があるというのは、珍しいことだったのだ。

「――お代りは？」

と、叔母は私の皿が空になっているのを見て、訊いた。

「もう結構、ごちそうさま」

と言いながら、私は残ったパンを全部食べてしまった。

シチューが、おいしくなかったわけじゃない。ただ、昨日も同じシチューだったから……。

大方、量を多く作ってしまったのだろうけれど、二日続けて同じおかず、というのは初めてだった。

「お客って、どなた？」

と、私は訊いた。

別に知りたかったわけじゃない。ただ、話の勢いで、そう言っていたのだ。

「古い知り合いの方の息子さんなの」

と、叔母は言った。

私は面食らった。

「息子さん……?」

「そう。木戸さんといってね、大学のころから会ってないから、ずいぶん変ったと思うけど。――とても真面目《まじめ》な、いい人なのよ。もちろん今は会社員で――。どうかしたの?」

と、叔母は、私の顔を見て、びっくりした様子で、「顔色が良くないわよ」

「別に――何でもないの」

と、私は言った。「お客さん、何時ごろみえるの?」

「さあ、午後ってことしか分らないの。あなたもご挨拶《あいさつ》ぐらい、してね」

「うん……。もちろん」

私は水をガブ飲みして、「あの――ちょっと頭が痛いの」

「あら、大変。お医者様を――」

「大丈夫。早く寝るから。本当に心配しないで、叔母さん」

「そう?　でも風邪でも引かれると、あなたのお母さんに叱《しか》られるわ」

「そんな、大したことじゃないの。——じゃ、早目に休むから」

と、私は席を立った。

「はいはい。じゃ、明日はゆっくり寝てらっしゃい」

「ええ。おやすみなさい、叔母さん」

「おやすみ、岐子さん」

——私はダイニングを出て、階段を上りかけた。

ここで働いているメイドさんの一人が階段を下りて来たので、コーヒーを部屋へ持って来てくれ、と頼んでおく。

二階の、私が使っている部屋へ入ると、私は、ベッドに横になって、じっと目を閉じていた。

——ショックだった。

叔母が、昨日の夕食の席で言ったのと全く同じことを言い出したのを聞いて、耳を疑った。

「古い友だちの息子」で、「木戸さん」という姓の人が別にいるとでもいうのならともかく、あの叔母の話し方では、「同じ人間」のことに間違いない。

叔母は、今日の午後に訪ねて来た男のことを、話していたのだ。明日やって来る、と言って――。

一体叔母はどうしてしまったんだろう？　何かの病気だろうか。

ぼける、という年齢ではないのに。――でも、あの話は、それこそ……。

私がショックを受けたのも当然と言っていいだろう。

私はその夜、なかなか寝つけなかった。叔母のことが心配だったのだ。

前にも書いた通り、夫に死に別れ、子供もない叔母にとって、身寄りと言えるのは、母と私の二人ぐらいである。母が叔母のことを気にかけているのは、未亡人同士（私の父は、私が十歳の時に亡くなっている）ということもあったろうし、また、いくらか体の弱い、内気な叔母は、仕事を持って、男顔負けの勢いで働いている母の目には、何とも頼りない存在に映ったのに違いない。

もし、このまま……。いや、考えたくもないことだが、叔母があんな状態のまま、もっとひどくなって行くようだったら、どうするのだろう？

私は、あれが一時的なものだと信じたかった。ただ、疲れのせいで混乱しただけなのだ、と……。

明日になれば、きっとケロッとして、いつもの叔母に戻っている。きっと、きっと……。

私は、ベッドの中で、無理に眠ろうとして目を閉じた。風が鳴っている。ゆうべも、ずいぶん風がひどいようだった。

今日はもう風もやんでいたようなのに、夜に入ってまた強くなったのだろうか。

その風の声が、不思議に眠りを誘ったのか、夜中の二時ごろまで時計に目をやっていた私は、いつか眠りに落ちて行った……。

「岐子さん」

と、叔母が言った。「ちょっと来てくれる?」

「はい」

私は、居間へ入って行った。「何かご用?」

——午後になっていた。

叔母は、いつもの通り、それほど活力に溢れているというわけではないにしても、元気で、快活そうに見えた。

朝から、叔母は「午後の来客」のことを口に出さなかった。私は内心ホッとしていた。

やっぱり昨日は叔母さん、どうかしていたんだわ。でも、もうすっかり忘れてしまっているようだ。

私の方から何も言うことはない。——いつもの乗馬の時間になったので、私は乗馬服を身につけて、うまやに行こうとしているところだった。

「昨日お話ししたでしょ」

と、叔母は微笑んで言った。「お客様なの。悪いけど、みえるまで待っていてくれない?」

私は、一瞬言葉を失った。——叔母は元に戻っていなかったのだ!

「叔母さん……」

「もうみえてる時間なの。あなたがいつも馬に乗ることもお話ししてあるのよ。でも——少し遅れているようね。もうみえると思うから、待っててちょうだい」

私は、叔母にどう言ったものか、迷った。——叔母さん、その人はね、もう昨日みえたのよ。今日はやって来ないのよ……。

でも、そんなことを聞けば、叔母にとってどんなに大きなショックだろうか。——とても、私にはできない。

「ね、ご挨拶だけでも……。いいでしょ?」

叔母は、私に向って、手を合わせんばかりにして言った。――私は、ソファに腰をおろした。

他にどうすることができただろう？

「本当に遅いわね……。どうしたのかしら」

叔母はそわそわと落ちつかない。昨日の叔母も、この通りだった。

私は胸を抉《えぐ》られるような思いで座っていた。

――このまま、あの木戸という男がやって来なかったら、叔母はどうするだろう？

自分が勘違いしていたことに気付くか。それとも、あくまでも、「木戸が来なかった」と思い込むのか。

「――困ったわねえ」

と、叔母は、動物園の熊みたいに、居間の中を歩き回っている。

見ている私の方が、やり切れなくなって来た。話してあげるべきなのだろうか？

それとも……。

「電話してみようかしら」

と、叔母が電話の方へと行きかけるのを見て、私は思わず、腰を浮かしていた。

「叔母さん――」

と、呼びかける。

すると、そこへ、ドアが開いて、

「奥様」

と、メイドさんが顔を出した。「お客様がおみえです」

「まあ、良かった！　やっとね！」

叔母はホッとした様子で息をついて、「じゃ、すぐにお通しして」

「はい」

メイドさんが姿を消す。——私は、ちょっとの間、啞然《あぜん》として立っていた。

こんなにうまい具合に客が来るなんてことがあるかしら？　でも——ここへ入って来れば、それが叔母の待っていた人でないことは、分ってしまうのだ。

どっちにしても、叔母にとっては気の毒なことになるに違いなかった……。

スリッパの音が近付いて来て、叔母は迎えるべく、居間の入口の方へと進んで行った。一体誰がやって来たのだろう？

「——まあ、心配してたんですよ、遅いから！」

「申し訳ありません」

と、木戸は、頰を紅潮させていた。「道に迷っちゃって」

「そうね。ここへ来るのは、久しぶりですものね」

私は、自分の方が混乱しているのを感じた。

この会話は——昨日、叔母と木戸の交わしたのとそっくりだ。

昨日は、あまりよく聞いていなかったのだが、今、目の前でくり返されて、思い出した。

昨日も、木戸は大分遅れてやって来たのである。しかし、「道に迷った」というのは、妙だ。昨日来たばかりなのに。

「いや、僕は方向音痴だから、昔から」

と、木戸が照れたように笑う。

「さ、ともかく楽にして」

と、叔母が、木戸を促して、「——あ、こちら、姪《めい》なの。岐子さんよ。木戸さんというの。私の古いお友だちの息子さん」

「ええ」

と、私は少し素気なく言った。

木戸が、私のことを見て、

「昨日会ったばかりですよ」

とでも言い出したら、叔母がどう思うか、気が気ではなかった。

しかし、木戸は、昨日のように、いささか固苦しい感じで、

「木戸です」

と、私に向ってちょっと頭を下げたのである。

そして、ご丁寧に、

「初めまして」

と、付け加えたのだ。

何を言ってるの？——私は呆《あき》れてしまった。昨日会って、散々退屈な話を聞かされたばかりじゃないの。

「どうも……」

私の方も、まさか思っている通りを口に出すわけにはいかないので、口ごもりながら、頭を下げたのだった。

「さあ、ともかくお茶とお菓子でもね。岐子さん、そちらに座って」

「ええ……」

私は、何となく木戸と斜めに向い合って、話をしなきゃいけない雰囲気になっていた。——これも昨日の通りだ。

私は当惑し、混乱していた。木戸までが、なぜ私と初めて会ったようなことを言うんだろう？

「この子のことは、お話ししたわね」

と、叔母が言った。

「いや、若くて結構ですね」

と、木戸は、出された紅茶を飲みながら、「僕も、こんなに若いころがあったんだなあ……」

「何を言ってるの。あなただって、まだ若いじゃないの」

「いや、そんなことないですよ。このところすぐ疲れちゃって……」

――私は、ただ呆然《ぼうぜん》として、叔母と木戸の話を聞いていた。

二人の会話は、まるでビデオテープで再生でもしているかのように、昨日とそっくり同じだったのだ。

こんなことがあるのだろうか？

「あの――ちょっと失礼します」

私は、立って居間を出た。

一人になりたかったのだ。――とんでもない考えが、私の頭に浮かんでいた。

もちろん、そんなことはありえない！　お話の中でならともかく、現実にそんなことが起るわけはない！

これは何かの間違いなんだわ。——そう。それに決っている。

今日は十一日目だ。ここへ来てから十一日目。間違いない。

「——あの」

と、私は、台所へ入って行くと、料理の用意をしているメイドさんに声をかけた。

「何か？」

「いえ……。今日、何日だったかしら？　休みだと、つい忘れちゃって」

と、私は言った。

「今日ですか？」

カレンダーの方を見て、そのメイドさんは答えた。——ためらいもなく、答えたのだ。

3

グレイフォックスの足並みが乱れた。

私はハッとして、手綱を引いた。――走らせ過ぎていたのだ。つい、我を忘れて、駆けさせていた。

足を止めたグレイフォックスは、少し喘《あえ》ぐように息をしていた。

「ごめん。――ごめんね」

と、私はグレイフォックスの首を叩いてやった。

私は、逃げ出したかったのだ。怖かったのである。

叔母と木戸との会話から、一歩でも遠く、一秒でも早く、逃げたかった……。

しかし、もちろん自分の中の混乱から逃げることはできなかった。

これは一体どういうことなのだろう？　昨日の出来事が夢だったのか。それとも、「今」が夢の中なのか。

信じられないことだったが、今日は私が叔母の所へ来て十日目だった。メイドさんの話だけではなく、新聞やＴＶも間違いなくそのことを裏付けていた。

そして、私は確かめたのだ。――あの、夜のおかずのシチューを、二日続けて出してはいない、ということを。

――分らない。一体何が起ったのか？

私は、森の中へと、グレイフォックスを進めて行った。

どう考えても……馬鹿《ばか》げた話としか思えないが、私は同じ日を二度過したことになる。

どの時点で？

おそらく――私が森から戻って、屋敷の二階の窓の所にいた叔母と言葉を交わした時には、もう前の日に戻っていたのに違いない。おかげで、私は同じシチューを食べ、あの木戸の退屈な話を二度も聞くはめになってしまった。

もちろん、世の中には奇妙なことがいくらもあって、科学的に説明のつかないことも、珍しくない。

私も、そういう出来事を頭から馬鹿げていると決めつけるほど、石頭ではないつもりである。しかし、他人が経験したことを、「へえ」と面白がるのと、自分の身にそれが起るのでは大違いだ。

私が混乱し、逃げ出したくなったのも、無理はないと分っていただけるだろう。

森の中を進んで行くと、少し暮れかかって来た。叔母と木戸を残して出て来た時間は同じでも、途中、グレイフォックスを思い切り走らせて来たので、昨日（と呼んでいいのかどうか）よりも早く森へ入っていた。

たぶん、今日は近道をしなくても、暗くなってしまうことはないだろう。

近道？――私はハッとした。

グレイフォックスが足を止めたのは、昨日私があの不思議なハープを弾く女性に出会った、小さな家へと続く細い道の入口だった。

あの家。あの女性。

あの家を出たとき、もう私は時を一日、さかのぼっていたのではなかったか。――思ったより、外が明るかったことを、思い出した。

もし、そうだとしたら、あの家で過した時間が、この奇妙な出来事の鍵なのかもしれない。

私は、ためらっていた。――このまま行ってしまおう。

そう。もう二度と、あんなことには係《かかわ》り合わないで……。

私は手綱を握りしめた。


「――待っていたのよ」

と、その女性は言って、私の前に紅茶を置いた。

「私が来ると、分ってたんですか？」

と、私は訊いた。

「分っていたわけじゃないけど……。ここを通ったら、きっとまた寄ってくれるだろうと思ったの。――さあ、ゆっくりしてちょうだい」

居間は昨日と同様、快適だった。いつまででもいられそうだ。昨日と同様？――いやあれは昨日なのか、それとも今日なのか。

少なくとも、この小さな家の中では、一日が過ぎているようだ。

「あなたはどういう方なんですか」

と、私は言った。「こんなこと、うかがって、失礼かもしれませんけど」

「私？――私はあなたの叔母さんの知り合いよ」

と、その女性は言った。

「それはうかがいました。でも――」

私は言いかけて、ふと言葉を切った。

この人に会ったことがある、と思った。どこで、いつ？

私には分らなかった。しかし、確かに、この人は、私の思い出の中で、誰かと重なり合っていたのだ。

この紅茶の香りも、なぜか懐しい。――私は、少し苛立っていた。思い出せない自分に、苛立っていた。

「男の人と会ったでしょう」

と、その女性が言った。

「え？」

私は面食らった。「ええ……。叔母のお友だちの息子さんとか」

「そう、どんな人だった？」

まさか、そんなことを訊かれるとは思わなかったので、私は少し迷った。

「でも、どうして私が男の人と会うことをご存知だったんですか？」

「それは――」

と、その女性は、ためらって、「叔母さんから、ちょっと小耳に挟んでいたものだから」

本当だろうか？　いや、この女性には何もかも分っているのかもしれない。過ぎ去った日のことも、これからやって来る日のことも……。

「退屈な人でした」

私は正直に言った。「三十代の……半ばぐらいかな。もう少し若いのかもしれません。でも、ちょっと年寄りじみた感じで、話も面白くないし、早々に逃げて来たんです」

「あらあら」

と、その女性は笑った。「確かに、あなたみたいな若い子が、会って楽しくなるようなタイプではないみたいね」

「でも分りません。どうして叔母があの人を招《よ》んだのか」

そう言いながら、初めて私はその点に気付いたのだ。つまり、木戸は何をしに来たのかという点に。

「叔母が話し相手にするというのなら分りますけど、何だか私と話させたがってるみたいなんです」

「でも、お話にならないわけね」

「本当にそうです」

と、私は少し愉快な気分になって、「お話にならないったら。——てんで受け答えがトンチンカンなんです。ずれてる、っていうのかな。一生懸命に合わせようとしてるみたいなんだけど……」

そうか。そうなんだ。

木戸の話が私を退屈させたのは、実は木戸が私を退屈させまいと一生懸命だったからなのだ。そのことにも、私は今初めて気付いた。

面白いもので、他人に話を聞かせることによって、人は自分の経験したことの意味を理解したりするものなのだ。見ていたけど気付かなかったものに気付いたり、忘れていたことを思い出したり……。

私は、初めて木戸の顔を思い出していた。——昨日は、正直なところ木戸の顔などすっかり忘れてしまっていたのだ。

でも二日間、同じ話を二度も聞かされていれば、いやでも顔を憶えるというものである。

「年齢が離れているものね」

と、その女性が肯いて言った。

「ええ。無理に合わせようとかしないで、自分の話したいことを話せばいいのにと思うんだけど。でも、どっちにしても、退屈したでしょうね」

と、私は言って、「でも……どうして、本当にあの人、叔母の所を訪ねて来たんでしょう?」

その女性は黙っていたが、何となく、もの言いたげな表情で、私を見ている。

「——何かご存知なんですか」

と、私は言った。「叔母から聞いてるんですか?」

「はっきりとはね」

と、曖昧《あいまい》に言って、「ただ――何となく……」

「何となく?――どう言ったんですか」

本当にこの人は何か知っているんだろうか?

私は、じっと、その女性が何か話してくれるのを待っていた。

すると、その女性はティーカップを空にして、テーブルに置くと、

「何か弾きましょうか」

と、立ち上った。

重ねて訊くのも、失礼な気がしたし、それにいくらかは怖くもあった。なぜなのか、良く分らなかったが。

音楽室へ入ると、私の方を振り向いて、

「あなたも、何か弾く?」

「ハープなんて、触ったことも……」

「ピアノよ。古いけど、いい音が出るわ」

確かに、時代物のアップライトピアノである。表面には彫刻や彩色が施されて、鍵盤に向って座ると、正面に上品な色づかいの、バラの絵が描いてあった。

「ピアノなんて、ずいぶん弾いてないなあ」

と、私は少し照れて言った。

「弾いてみれば思い出すわよ」

その女性に言われると、何だかそんな気がして来る。

「じゃあ……」

おずおずと指を鍵の上にのせる……。

つっかえながら、それでも曲名も憶えていないメロディが、私の指の下から生れて来る。――それは思いがけず楽しい経験だった。

やがて、ハープの調べが、私のピアノの音に絡んで来た。その華やかな音は、まるで私の指にさした潤滑油のようで、いつしか私はピアノとハープの二重奏を楽しむようになっていたのだ……。

――やがて、ふっと我に返った。

「大変。ずいぶん長くお邪魔しちゃった」

と、急いで言った。

「大丈夫。まだそんなにたっていないわ」

確かに、窓の外はまだ少し明るかった。ちょうど昨日、ここを出た時と同じように……。

「——時間が止ったみたい」

と、私は言ってみた。

しかし、相手は別に何の反応も示さず、

「時間というのは、主観的なものよ」

と、謎《なぞ》めいたことを言っただけだった。

「——失礼しますわ」

「そう。また来て下さいね」

「ええ……」

私は、立ち去ろうとして、ふと振り向くと、「あの木戸っていう人、また来るんでしょうか」

と、訊いていた。

「ええ。たぶん」

その女性は肯いて、言った。「あなたとその人を、結婚させたいのよ、叔母さんは」

グレイフォックスは、いつもの通りに、穏やかな足取りで進んで行った。

少し風が出ていた。――私には予感があった。

おそらく……。そう、私は、自分を待っている光景を想像することができた。怖いような、それでいて、どこか胸をワクワクさせる何かが、その予感の中には、秘められていた……。

――グレイフォックスをうまやへ入れると、私は歩き出した。

さあ、もう少しだ。もう少し屋敷へ近付いた辺りだ。そう、あと二、三歩か。

「――お帰り、岐子さん」

二階の窓から、叔母が手を振っている。

「ただいま」

と、私は答えた。

「どうだった、今日は？」

「ええ、楽しかったわ」

「お腹が空いたでしょ？　すぐ仕度させるから」

そう言って、叔母は窓を閉じた。

昨日の通り――いや、私はこの場面を、三回も経験したのだ。

屋敷へ入っていく私は、気が重かった。今夜もあのシチューを食べさせられるのかと思うと……。

そして、私の耳には、叔母の言葉が、もう聞こえて来るようだった。

明日ね、お客様がみえるの。――木戸さんといってね……。

呼出し音が五回も続いて、一向に受話器の上る気配がないと、心配になって来る。

もちろん、大して心配する理由はない。むしろ母は私よりよほど元気だし、忙しく駆け回っているのだから。

母の方から電話がかかって来るかと思っていたのだが、ここへ来てから一度もかかって来ない。十日間に一度も。

私は、夜になって、叔母が休んでしまってから、そっと起き出して、電話をかけることにした。

昨日をくり返しているとしても、これだけは昨日と違っているはずだ。

「――もしもし」

と、母の眠そうな声がした。「どなた?」

「私よ」

「え?」

と、キョトンとした様子で、「ああ。――岐子なの」

「声も忘れちゃったの？」

と、少々いやみを言ってやる。

「何言ってるの。何時だと思ってるのよ」

と、母はむくれているらしい。

「寝てたの、もう？」

「そうよ。そっちみたいに、優雅な暮しをしてるわけじゃないんですからね」

母はもともと口が悪い。「どうかしたの？」

「別に」

と、私は言ってやった。「大したことじゃないんだけど」

「だったら明日にしてよ。今日は忙しかったのよ」

「あら、ごめんなさい。でも娘の一生にかかわることなんだけどな」

少し間《ま》があって、

「――何なの、一体？」

母の口調は真剣になっていた。

「聞きたいの。どういうことだか」

「何の話？」

「とぼけないで。知ってるんでしょ、そっちも。木戸って人のこと」

母は少しの間、黙っていた。

「――あなた、聞いたの？」

「叔母さんからじゃないわよ」

「じゃ、誰から？」

「いいでしょ、誰だって」

と、私は言った。「お母さんが秘密にしてたんだから、私の方も秘密にする権利、あると思うけどな」

母の様子からすると、あのハープを弾く女性の話は本当らしかった。――もちろん、叔母には何も言っていない。

「そうね……。でも、岐子、そう怒らないで。別にお見合い、ってわけじゃないの。ただ、会わせてみたかっただけなのよ」

「それにしたって！」

と、私はムッとして、「いくつだと思ってるのよ、私のこと」

「自分の娘の年齢くらい知ってるわよ」

「怪しいもんだわ。あんな三十いくつの人を――。あんな退屈な人、ごめんよ」

と、切り口上で言うと、

「岐子……。もう会ったの？　明日だって聞いてたけど」

私はハッとした。そうだ！　今日はまだ前日なんだ。

何しろこっちは二回も会っている。つい、そのつもりでしゃべってしまったのである。

「あの――会ってなくたって分るわよ。そんなに年齢が違って……」

かなり無理な理屈ではあった。

「ね、岐子。ともかく会ってみてよ。――私も会ったことがあるの。まあ……確かにね、あんまり見栄えのいい人じゃないし、口下手だわ。でも、とてもいい人なのよ。人間、心の暖かい人が一番なんだから」

私はともかく苛立ち、腹が立っていた。

「じゃ、お母さんが結婚すれば？　私、いやよ」

母がため息をつくのが聞こえて来た。

「――分ったわ。でも、叔母さんのお客さんとしてみえるのよ。失礼なことだけはしないでね」

私は、それには答えず、

「どうして、男の人と会わせたいなんて考えたの？　私、大学一年よ」

「そうね。――でも、あなたも、大学の中とか、会社へ入ったりして、色々男の人を見るでしょうけど、あんな人はめったにいないの。年齢は離れてるし、あなたは若いから、急ぐこともないんだけど、木戸さんのことをもしいい気に入って、何年か先まで待ってもらえるのなら、悪くないかもしれないな、と思ったのよ」

「気に入るっていっても……。あっちが気に入るかどうかも分らないでしょ」

と、私は言ってやった。

「まあ、それはそうね」

と、母は苦笑しているようだった。「ともかく……そういうことよ」

「分ったわ。でも期待はしないでね」

ポンポン言ってやって、電話を切る。少しも胸はすっきりしなかった。

いや、むしろ、ますます苛々《いらいら》がつのっていたのだ。――たぶん、母の気持も分りながら、それでいて、つい、きつい言葉を投げつけてしまった自分が、少々後ろめたかったのでもあろう。

頑張って働きながら、私を育てて来た母の気持も、分らないではなかった。しかし、何といっても、あまりに突然のことだったのだ。

——私は、重苦しい気分で、二階の部屋へ戻った。また明日、木戸のあの退屈な話を聞くのかと思うと……。

三回も！

4

「木戸です」

と、その男は私に向って、ちょっと頭を下げた。「初めまして」

「どうも……」

私はそう言ってから、叔母の方を見た。次は叔母が口を開く番だ。

「さあ、ともかくお茶とお菓子でもね。岐子さん、そちらに座って」

——私は、昨日と同じように、木戸と斜めに向い合う格好で座った。

しかし、私の心の中は、昨日や一昨日と同様というわけにはいかない。

ただぼんやりと、木戸の退屈な話を聞き流してはいられなかった。

私は、無性に腹が立ち、苛立っていた。

こんな男を私に会わせようとした母や叔母にも腹が立っていたのだが、おそらく、その憤りは、私の気持を無視して、母と叔母がこんなことをしたという、そのこと――裏切られた、という思いのせいだったかもしれない。

三度目の初対面という、奇妙な経験をした後、木戸と叔母は、当りさわりのない、つまらない話を続けていたが、私の苛立ちは、態度や顔に出ずにはいなかったようだ。

木戸が言葉を切った。これは昨日や一昨日の「この場面」にはないことだった。

「いや、どうも退屈させちゃってるようです、岐子さんを」

と木戸は言った。

「あら、そんなこと――」

叔母は少し戸惑った様子で、「お客様に慣れてないだけなのよ。ねえ、岐子さん」

私は、何かが激しく自分の奥からこみ上げて来て、とても堪えられなかった。パッと立ち上ると、

「ええ、もの凄く退屈です！」

と、叩きつけるように言っていた。「こんな退屈なお話、聞いたこともないわ」

叔母は、おろおろして、

「岐子さん……。お客様に――」

「はっきり申し上げておきますけど」

と、私は木戸に向って言った。「私、たとえ世の中にあなたしか男がいなくなっても、あなたみたいな人とは結婚しません！」

叔母は呆然としている。私は、

「乗馬の時間なんです」

と言うと、さっささと居間を出た。

そして、出がけにふと思い付いて、

「馬の方がずっとまし。黙ってる分だけね」

と、最後の一言を木戸に向って投げつけてやった――。

気が付くと、私は、グレイフォックスを夢中で走らせていた。いつものコースを外れて、叔母の敷地から飛び出し、どこへ続いているのかも知らない道を、走らせていたのだ。

手綱を引いて、グレイフォックスを止めたのは、どれくらい走ってからだったろうか……。

もう、辺りはほの暗くなっていた。グレイフォックスが荒く息をしている。

「ごめんね……」

私は、グレイフォックスの首筋を、優しくなでてやった。

どこへ来たんだろう？――周囲を見回すと、森がずっと広がっていて、人家らしいものは見当らない。

もう、じきに夜になりそうだった。私は手綱を引いて、馬首をめぐらせ、今来た道を戻り始めた。

重苦しく、いやな気分だった。一時の激しい感情の昂揚《こうよう》がおさまってみると、自分のしたことで、あの優しい叔母がどれほど傷ついたか、当然のことながら、心配になる。

でも――仕方ないんだ。

私は、いささか強がっていた。自分の方にだって、確かに非はあるかもしれないが、もともとは叔母と母の方が悪いんだから。

「そうよ。何も謝る必要なんかない」

と、口に出して言った。

自分に向って、言い聞かせている、というところだろうか。

後ろめたい思いはもちろんあった。

もし、これで叔母が腹を立てたら、明日にでも家へ帰ろう、と思った。ここでの日々が短く終ってしまうのは残念だけれど、仕方がない。

夜になりつつあった。一秒ごとに、暗さを増して行く。――このままだと、どっちへ向って走ればいいのかも、分らなくなりそうだ。

私は、グレイフォックスへ、

「悪いけど、もう一走りね。――それ！」

と、声をかけた。

グレイフォックスが並足から徐々に速度を上げる。私は、森を抜けずに、外側を回って行こうと思った。

森の中で真暗になったら、それこそ方向も分らなくなる。むしろ、遠回りでも、この道を辿った方が……。

道が大きくカーブしていた。

全く気付かなかったのは、不思議だった。ともかく――ハッと気付いた時には、目の前に車のライトが近付いていたのだ。

グレイフォックスが高々と前脚を上げ、私は道へ投げ出された。

したたか腰を打って、アッと声を上げたとき、ガチャン、と何かが激しくぶつかる音がした。

何の音なのか、確かめるために起き上ろうとしても、とても無理だった。しばらくは、上体を少し起しているのがやっとだったのだ。

――どれくらい時間がたったろう。

グレイフォックスが、私の方へ近付いて来た。――私は、手綱をつかむと、それにつかまるようにして、やっと立ち上った。

「ひどいことになったわね……。痛い！」

歩くのもままならない。私は、しばらく立ったままグレイフォックスにもたれていた。

そして――目を開けると、車が見えた。

もうすっかり暗くなっていたが、ライトが点《つ》いたままになっているので、見分けられたのである。

車は木立ちに衝突していた。ガラスが砕け散り、車の前の方は大きくへこんでいる。それでいて、ちゃんとライトが点いているというのは、奇妙な光景だった。

――誰の車だろう？

私は、ゆっくりと歩いてみた。腰に痛みが来るが、何とか歩ける。

恐る恐る近付いて、私は車の中を覗き込んでみた。

誰かが、ハンドルに片手をかけたまま、横になっている。――もちろん知らない人だ。

知らない人……。

私は息をのんだ。――木戸ではないか。

間違いなかった。木戸の車だったのだ。

「木戸さん」

と、私は呼んでみた。「木戸さん。――大丈夫ですか?」

木戸は返事をしなかった。手を伸ばして、体に手をかけようと思ったが、ガラスの破片がいくつも散らばっていて、出した手を、つい引っ込めてしまう。

「木戸さん。――木戸さん」

全く、反応がない。仕方なく、私はこわごわ手を伸ばして、木戸の体を軽く揺さぶった。

「ねえ、木戸さん。――しっかりして」

手がヌルッと滑った。ハッとして手を見ると、指先についているのは、間違いなく、血である。

――まさか。いくら何でも、そんなこと、あるはずがない!

私は、もう一度手を伸ばして、木戸の、ハンドルにかけたままの手首をそっとつかんだのだ……。


「岐子さんなの？」

叔母の声がした。

返事をしないわけにもいかない。

「ええ」

と、答えると、叔母が廊下をやって来た。

「まあ、良かった！　どこへ行っちゃったのかと思って……。真暗になっても戻って来ないから、心配してたのよ」

「少し……遠くまで行ってたの」

私は、叔母と目を合わせられなくて、そのまま行ってしまおうとした。

「お腹が空いたでしょう。いつでも食べられるわよ。早く着替えてらっしゃい」

叔母が、そう声をかけて来た。

やめて！　やめて！

私は階段を駆け上った。――どうしていつもの通りなの？　どうしてそんな口がきけるのよ！

――私は、シャワーを浴びながら、泣いた。

いや、涙が出ていたのかどうか、自分でもよく分らない。シャワーの流れの中に、いずれにせよ、涙は紛れて行ったはずだ。

木戸は……。木戸のことを、叔母に言うべきだったろう。しかし、言ったところで、どうにもならないのだ。

木戸は、死んでいたのだから。

――私がダイニングへ入って行くと、叔母もテーブルについて待っていた。

「食べてなかったの？」

と、私は訊いた。

「ええ、そんなにお腹も空いていなかったのよ」

と、叔母は言ったが、それは本当ではなかったろう。

私のことが心配で、食べる気になれなかったのだ。

私はテーブルについて、黙って食事をした。今夜は、シチューは出ていなかった。

「――あんまり食欲がないのね」

と、叔母は言った。

「そんなことない」

と、私は言った。「叔母さん──」

「あの後でね」

と、叔母は言った。「木戸さんとお話ししたわ」

「私のことを？」

「あなたが怒るのも当然だ、って木戸さん、言っていたわ。まだ若いのに、将来を決めるようなことを、しかも当人に知らせないで……。何も気にしないように、あなたに伝えてくれって」

叔母は、決して脚色して伝えているわけではないだろう。そんなことのできる人ではないのである。

「──あんなことをして、ごめんなさい」

と、私は目を伏せて言った。「自分でもよく分らないの、どうしてあんなことをしたのか」

「そうね」

と、叔母は穏やかに微笑んだ。「確かに、お客様に対しては、少し問題のある態度だったわね」

「叔母さんに、こんなにお世話になってるのに……」

「それはそれ、よ。あなたに何も言わずにいたのは悪かったわ」

叔母は肯いて、「木戸さんの言った通りね。あなたを子供扱いしながら、結婚のことを話そうとしても、無理だって。ちゃんと大人として扱ってこそ、あなたもあの話を受け止められたでしょうからね」

私は、食事の手を止めたまま、訊いた。

「あの人が、そう言ったの?」

「木戸さん? ええ、そうよ」

叔母は、ちょっと目を見開いて、「それから、帰りがけに、あなたがとてもすてきだって」

「私が?」

「当り前よ、私の姪ですからね、って言っといたわ」

と、叔母は笑って言った。「——さあ、もう少し食べたら?」

食べられるはずがない。こんな時に。でも——情ないことに、私はまた充分に食べてしまっていたのだった。

木戸の死が叔母の耳に入るのは、いつのことになるだろう? 今夜か、明日か。

その時の叔母の悲しみを考えると、胸は痛んだ。
でも――もう、どうすることもできないのだ……。

5

「――岐子さん」

と、叔母が、不思議そうに言った。

私は、屋敷の一階、目立たない片隅にある書斎に入っていたのだ。

「ここにいたの。――捜しちゃったわ」

私は本を閉じた。読んでいたわけではなかった。

「何かご用?」

と、私は訊いた。

「そうじゃないけど……。今日はあの馬に乗らないのかと思って」

「少しくたびれたの」

と、私は言った。「今日は体を休めようかと思って」

「そう、それならいいのよ」

叔母は、書斎を出て行こうとして、「ごめんなさいね、邪魔して」

「構わない」

と、首を振って、ドアが閉りかけると、「叔母さん」

と、呼んでいた。

「え？」

「――木戸さんから、何か言って来たの？」

「いいえ」

と、叔母は首を振って、少したてらってから、「実は、あの人の泊っているホテルへ電話をしたの。そしたら、戻ってません、って」

「そう……」

「レンタカーを借りてね、来ていたのよ。でも、ゆうべは戻らなかったとか。――妙ね」

「そうね」

「戻ったら、電話をくれ、ってことづけておいたわ。大方、どこか友だちの所にでも寄ったんでしょ」

叔母は笑顔になって、「あなたに振られて、やけ酒でも飲んだかしら」

「まさか」

「あなたは気にしなくていいのよ、適当に言っておくから」

叔母がドアを閉めようとした時、メイドさんがやって来て、

「お電話です」

と、声をかけた。

「噂《うわさ》をすれば、ね。木戸さんでしょ？」

「いえ、警察からなんです」

私は本を取り落とした。

「——何かしら？　出るわ」

叔母が急いで歩いて行く。私は本を拾ってテーブルに置くと、廊下へ出て、叔母の後を追って行った。

——決っている。分っているのだ。それが何の知らせなのか……。

「——はい。昨日、確かに」

と、叔母が電話で話しているのが聞こえて来た。

それから、突然叔母の短い叫び声が聞こえた。

「そんなこと！——確かですか？」

叔母の声は震えていた。「――分りました。うかがいます。――はい、これから、すぐに」

受話器を戻して、叔母はただ呆然と立ち尽くしていた。

「叔母さん……」

そっと声をかける。

「あ、岐子さん。悪いけど――ちょっと出かけて来るわ」

「ええ」

「ごめんなさい……。何かの間違いかもしれないから――帰ってから話すわ」

叔母が、青ざめた顔で、二階へと上って行く。

タクシーを呼んで出かけて行くまでに、二十分近くもかかったのは、やはり叔母が動転していたからだろう。

ついて行こうかと言ったが、叔母は大丈夫、と言って一人で出かけて行った。出がけに、木戸が事故に遭ったかもしれないとだけ言って行った……。

――叔母が出かけて行ってから、何時間かたった。私が一人で居間にいると、母から電話がかかって来た。

「――岐子なの？」

「うん」

「連絡がないから……昨日、会ったんでしょ」

「会ったわ」

「その口ぶりじゃ、気に入らないようね。ま、無理にとは言わないわ」

と、母は諦《あきら》めているらしい。

「どうせ、もう意味ないわよ」

と、私は言った。

「何のこと――？」

「木戸さん、ここの帰りに事故で――」

「事故？」

「――死んだのよ」

母が息をのむ気配がした。

「本当なの、岐子？」

「今、叔母さん、警察へ行ってる」

「何てこと……」

母が、深く息をついた。

「車がね……ぶつかったみたい」

「そう。——一人で行ったの？」

「叔母さん？　そうよ。私、ついて行くって言ったけど、一人で大丈夫って」

「一人で行きたかったのね、きっと」

母の言い方に、私は何か含みがあるような気がした。

「お母さん、どういうこと、それ？」

「どうって……。ね、岐子」

「うん」

「気を付けてあげてね。私も、何とか時間を作って行くわ、そっちへ」

「叔母さんが何か……」

「木戸さんはね、叔母さんの昔恋した相手の息子さんなのよ」

私は愕然《がくぜん》とした。

「——もちろん、事情があって、諦めたんだけどね」

と、母は続けた。「きっと、その息子さんには、昔の恋人の面影があったと思うわ」

私は、言葉がなかった。——叔母は大丈夫だろうか？

「私、警察へ行ってみようか」

「そっとしておいてあげなさい。戻って来たら、慰めてあげて」
と、母は言った。「今の話は内緒よ、いいわね」
「うん。――分った」
私は電話を切った。
何てことだろう？　私が死なせたようなものだ。
今さら悔んでも、木戸が生き返るわけではない……。
私は、ハッとした。――どうして考えつかなかったんだろう？
もし、今から行って間に合うものならば……。
窓の外へ目をやると、もうずいぶん暗くなりかけていた。
私は、乗馬服に着替えるのをやめて、そのままの格好で、うまやへと駆けて行った。
森の中を走らせ、あの分れ道へやっと辿り着いたころは、ほとんど夜になっていた。
あの家は？　まだあるだろうか。そして、あの女性はハープを弾いているだろうか。
グレイフォックスを細いわき道へと進ませて行くと、やがて木々の間に、あの黄色い灯が見えた。

急いで馬を降り、明りの方へと歩いて行くと、ハープの調べが耳に届いて来た。

庭の方から、戸を開けて、

「失礼します……」

と、私は、勝手に入って行く。

音楽室のドアを開けると、ハープの音が止んだ。

「――すみません。勝手に入って来て」

と、私は言った。

「いいのよ。待っていたわ」

と、その女性は言った。

「時間がないんです。お願いです。――あの人を助けたいんです」

私は進み出て言った。「そのハープを弾いて下さい」

その女性は、不思議な表情で、私を見た。

「分っているんでしょ？　一日だけしか戻らないのよ」

「はい。――昨日のこの時間なら、まだ間に合うかもしれないんです」

私は、じっと両手を固く握り合わせていた。

「弾いてあげるわ」

と、その女性は肯いた。「でも、これが最後になるわね」

「構いません」

私は肯いた。

「じゃあ……。そこへかけて」

私が椅子に腰をおろすと、ハープが、また違ったメランコリックな調べを奏で始めた。

「――あなたは、誰ですか?」

と、私は低い声で言った。

「あなたの叔母さんが知っているわ」

と、その女性は言った。

やがて、窓の外が、少し明るくなった。

「――さあ、行きなさい」

と、その女性は言った。「急いでね」

私は、その女性の手を取って、握りしめた。――その小さな手。意外なほどに。

その手の感触は、私のよく知っている誰かと、そっくりだった。

小さなその家を出て、私はグレイフォックスにまたがって、屋敷へと急いだ。

時間は再び、正しい方向へと進み始めて、辺りが暗さを増す。私は、屋敷の灯が見えると、さらにグレイフォックスを急がせた。

玄関の前に車がある！　そして、今しも、叔母と木戸が屋敷から出て来たところだった。

「――まあ、岐子さん」

叔母は、面食らった様子で、「その格好……。服はどうしたの？」

そうだった。乗馬服ではなかったのだ。

「ちょっと……。木戸さん」

と、私は、馬を降り、車の前で立っていた木戸の方へ歩いて行った。

「やあ」

「さっきはごめんなさい」

と、私は詫《わ》びた。「失礼なことを言って」

「いや、今、話してたんだけどね。君が怒るのは無理ない、と思うよ」

木戸は、おっとりと言った。

「もう一度、中へ入りませんか」

と、私は言った。「ゆっくり、お話ししたいんです」

「岐子さん――」

と、叔母が思わず進み出る。

「しかし……。無理をしなくていいんだよ」

と、木戸も戸惑い顔だ。

「無理してるわけじゃありません。お話ししたいんです」

「――じゃ、中へ入って、二人とも」

叔母の方が、そわそわしている。

「それから――」

と、私は言った。「帰る時、この車を使わないで下さい」

「どうして？」

「どうしても」

私は、そう言い張った。

木戸は、首をかしげながら、私の言うことを聞いてくれたのだった……。

――居間へ入った私たちに、叔母は楽しげにお茶を出してくれ、

「木戸さんのお父さんのことをね、よく知っていたのよ」

と、話してくれた。

「父の写真とか、お持ちですか」

と、木戸が言った。

「ええ、もちろん。——ちょっと待ってね」

叔母は、居間を出て行き、五、六分すると、古びたアルバムを手に、戻って来た。

「——これが、あなたのお父さんと一緒に撮《と》った写真よ」

と、開いたページに、私と木戸は見入った。

木戸とよく似た、上品な紳士の傍に立っているのは——いや、二人の間には、美しいハープが立っていて、それに手をかけているのは、あの小さな家の女性だった。

「若かったわね、私も」

と、少し照れくさそうに叔母は言った。

「あら、少しも変らないわよ、叔母さん」

と、私が言うと、叔母は真赤になった。

「お二人で話していてちょうだい、ちょっとやることがあるから……」

叔母が出て行く。

私は、木戸と二人になって、何となく照れくさく、口をつぐんでしまった。

木戸は、口を開いて、また退屈な話を始めた。

でも、私には、その退屈な話が、まるで妙《たえ》なるハープの調べにも匹敵する音楽のように、聞こえていたのだった……。

幻の鼓笛隊

1

誰かが笛を吹いている。

何だよ、こんな夜中に。それもメロディにならない、ただのヒューヒューという口笛の合図みたいな音をたてて……。

うるさい、というほどの音量ではなかったが、その笛の音は、妙に耳につき、長倉《ながくら》を苛立《いらだ》たせた。いや、苛立たせた、というのは当っていないかもしれない。長倉は眠っていたのだから。

目を開くと、窓はすでにほの白く、朝の訪れを告げていた。ヒュー。ヒュー。

長倉は、その笛の音が、夢の中で聞こえていたわけではないことに、気付いた。

　ベッドに起き上ると、長倉は、かすかに顔をしかめた。ぼんやりした頭でも、今日が何の日なのか、忘れてはいなかったからだ。

　ガラッと襖《ふすま》が開いて、妻の琴江《ことえ》が顔を出した。

「起きてらしたの」

　と、琴江は言った。「七時ですよ、もう」

「ああ」

　長倉は唸《うな》るような声で返事をした。「天気は？」

「少し曇ってますけど、晴れて来るって、今、天気予報では言ってましたよ。ただ、風がね……」

「そうらしいな」

　外では風が鳴っていた。せっかちな天使が飛び回りながら、笛を吹き鳴らしてでもいるように、風の音は家をめぐっていた。

「大丈夫なのかしら」

　と、琴江が、まだカーテンを引いたままの窓を見ながら言った。

「何がだ？」

「だって……風が吹いたら、揺れるんじゃないの？」

長倉は、ちょっと笑って、

「それぐらいのこと、ちゃんと考えて設計してあるさ。当り前だろ」

と、言った。「——さ、仕度だ。八時には役所へ出とかんとな」

「朝ご飯、召し上るんでしょ?」

正直なところ、食欲などなかった。しかし、妻にそう言うのは、自分が「あがっている」と認めるようなものだ。

「軽くでいい」

と長倉はベッドから出て、伸びをしながら、「後でゆっくり食うからな。式の後で」

と、分り切ったことを付け加えた。

「はい、はい」

と、琴江は行きかけて、「市長さんは何時にみえるんですか」

「十時半だ。——まだ時間がある」

カーテンを開けた長倉は、庭の鉢植が二つ三つ転っているのに目を留めた。ゆうべは大した風ではなかったのに。

空へ目をやると、雲が凄《すご》い速さで動いていた。——却《かえ》って晴れてくれるかもしれない。その意味では、強い風も悪くないが……。

「台風の季節でもないのにな」

と、長倉は呟《つぶや》いた。

春先に、しばしば突風が吹き荒れることぐらい知らぬではない。もうすぐ六十に手の届こうという長倉である。しかも、この町の町長だ。

ヒューッと鋭い音をたてて、風が庭を駆け抜けて行った。木の枝がメリメリと裂けるのが見えた。

長倉は顔をしかめた。――せっかく新調したモーニングだぞ。風で裾《すそ》がまくれたり、ネクタイが吹き流しみたいに翻ったら、さぞこっけいだろう。

仕方ない。――長倉は肩をすくめた。

眺めていれば風がやむってものじゃないんだから。

「まだ時間がある」

と、長倉は言って、顔を洗いに寝室を出た。

畳の上にベッドを置いた、見たところはパッとしない寝室を。

同じ言葉を二度言ったことには、気付いていなかった。

「――おい、どうだ?」

と、糸川重矢《いとかわしげや》は顔を上げて、妻の光子《みつこ》に訊いた。

「まだ……少し熱があるわ」

光子は、もう朝食の用意の終ったちゃぶ台の前に座って、「どうしようかしら?」

と、言った。

「そうだなあ。まあ……無理させるわけにゃいかないが」

と、糸川は新聞をめくりながら、ほとんど紙面を読んではいなかった。

「でも、あの子、風邪をこじらすと長いわ」

と、光子は言った。

「うん……。よりによって、こんな時にな……」

「進《すすむ》にそんなこと言わないで」

と、光子はとがめ立てするような口調で言った。「何も好きで風邪を引いたわけじゃないんだから」

「そんなこと、分ってる」

糸川は目をそらした。――もちろんさ。そんなことぐらい、言われなくたって承知している。

しかし――しかし、俺《おれ》だって立場ってものがあるんだ。六年生担任の学年主任という立場が。

　その「立場」を、子供に押し付けてはいけないことぐらい、糸川も分っている。だから、妻の言葉に、つい目をそらしてしまったのである。

　進は一人っ子で、生れて二、三年の間に何度も大病をした。光子が、つい進に構い過ぎてしまうのも無理はなかったろう。

「眠ってるのか」

　と、糸川は言った。

「目は覚ましてるわ」

「本人はどう言ってる」

「迷ってるみたい。まだ時間はあるから……」

「そうだな」

「あなた──食べていれば？」

「うむ」

　失望から来る不機嫌は、隠しようもなかった。

　今日のために、六年生の中から選ばれた鼓笛隊の子供たちは、お揃《そろ》いのセーターとネクタイを買った。進は、新しい半ズボン、黒の革靴も揃えた。子供だけではない。

糸川自身も、式典に参列するので、背広を新調したのだ。

高級なオーダーメイドというわけにはいかなかったが、糸川の家の家計からすれば、限度一杯の高級品だった。

もっとも、そのおかげで、靴にはお金が回らず、古い靴をていねいに磨き上げてはくことになってしまったのだが。

しかし、進が風邪で鼓笛隊に参加しないとなれば、その楽しみも半減である。

進は、鼓笛隊の指揮をすることになっていたのだ。糸川は、我が子がバトンを手に、鼓笛隊の先頭に立って「橋」を渡るのを、胸を張って、誇らしげに見てみたかった。

――もちろん、進とて、その役目を他の子に譲りたくはあるまい。

一応、子供のことだから、万一のことを考えて、指揮の練習をさせた「控え」の子はいる。しかし……。

進はもう、一か月もしないうちに卒業していく。こんな「晴れの場」に出る機会が、またいつ来るだろうか。

そう思うと、無理を承知で、何とか進が頑張ってくれないか、と糸川は思ってしまうのだった。鼓笛隊の行進そのものは、五分とかかるわけではない。

橋を渡り終えてしまえば、後はもう進が引っ込んでも、誰も気付くまい。

「仕方ないわね」

と、光子は言った。「体の方が大切ですもの」

「うん……」

糸川は押しだすように声を出した。

光子がそう言うのも、分らないではない。三年生の時、進は風邪を引いて、無理に登校し、気管支炎を起し、ずいぶん長いこと治らなかったのだ。その失敗をくり返したくないのである。

「あなた、食べて出かけた方が」

と、光子は時計を見た。「早く行くって言ってたじゃないの」

「そうだな」

食欲は全くなかった。それでもお茶を飲み、はしを手に取ると、ゆうべの残りの煮ものを口に入れた。

「あら」

と、光子が顔を上げて、「大丈夫なの？」

進が入って来た。ちゃんとセーターも着てネクタイもしめている。

「うん。少しボヤッとしてるけど、平気だよ」

顔色は、あまりいいとは言えなかったが、声には力があって、具合が悪いこともなさそうだった。

「無理しなくていいのよ」

と、光子は言った。

「大丈夫。他の奴《やつ》にやらせるんじゃ、悔《くや》しいもん」

と、進は座って、「牛乳ちょうだい」

「ほんの五、六分のことだからな。すんだら、もう家へ帰っていい」

と、糸川はつい笑顔になっていた。「頑張れ！　こんなこと、めったにないんだ」

「うん」

進も微笑《ほほえ》んで肯いた。「写真、とってくれるかなあ」

「ちゃんと金井《かない》先生に頼んである。大丈夫だ」

「金井先生？　いつか、フィルム入れてなかったじゃない」

「ちゃんと念を押すよ」

と、糸川は笑って言った。

光子が牛乳を入れたカップを持って来た。進は牛乳が好きなのである。

「——凄い風よ」

と、少し唐突に光子が言った。

電話が鳴って、貴子《たかこ》は大和田《おおわだ》がベッドの中でモゾモゾと動くのを感じた。

貴子は少し前から目が覚めていたのだが、寝入っているふりをした。電話といっても、自分にかかって来たわけではないと分っていたからだ。

電話は鳴り続け、大和田が寝返りを打って、うるさそうに呻《うめ》いた。それでも貴子は放っておいた。

大和田は、大きく息をついて、ベッドから少し身を乗り出すと、受話器を取った。

「ああ……。俺だ」

大和田は、不機嫌そのもの、という声を出した。「──もう、そんな時間か？」

渋々という感じで起き上ると、

「──何時からだった？──十時半？　そうか。じゃ、仕方ないな」

と、大欠伸《あくび》をして、「忙しかったんだ。ゆうべ遅くてな」

貴子は、笑いをかみ殺して、寝たふりを続けた。──忙しくて、か。まあ、「忙しかった」には違いない。

奥さんを成田まで送って行って、それから貴子を迎えに行き、ホテルで食事をしてから、この部屋へ……。

六十歳を越えた男にしては、よく頑張っている、と言わざるを得ないだろう。

「うむ。――仕度しとくから、三十分したら迎えに来てくれ。ホテルの正面玄関で待ってろ。いいな」

相手は秘書の雨宮《あまみや》に違いない。貴子も何度か会って、知っていた。

もちろん、大和田が貴子と泊っていることは、雨宮も承知している。市長の秘書ともなると、ただ言われた仕事をこなしていればいいというものではないのだ。

市長に若い愛人がいる、なんてことが知れたら、次の市長選に大いに響く。絶対に知られないよう、大和田と貴子のデートのお膳立てをするのも、雨宮の仕事なのである。

貴子は、大和田が、あれこれしつこくグチをこぼすのを聞きたくなかったので、出て行くまで眠ったふりをしていよう、と決めた。そうすれば、大和田は何万円か、おこづかいを貴子のハンドバッグの下に置いて、勝手に出て行くだろう。

今日は……何があるって言ってたっけ？

貴子はベッドの中で、思い出そうとした。ゆうべ何か話してた。何か……開通するとか……。

大和田は、シャワーを浴びて出て来ると、貴子が眠っていると思ったらしく、仕事の電話をかけ始めた。

「——ああ、大和田だ。——うむ。ままあだな。——今日は来るんだろう。——ああ、十時半の予定だ。二十分ぐらいかな。すぐ終る。——まあ、一応顔を出さんとな。大分世話になったからな、あの橋には」

と、大和田は笑った。

橋。——そう。橋が完成して、「渡りぞめ」をやるのだった。

あの谷に橋をかけた。あの深い谷に。

大したもんだわ、今の建築技術って。貴子が、いささか柄にもなく感心していたのは、貴子自身、あの町の出身でもあったからだ。大和田は、そんなこと、知りもしないが。

もう何年、顔を出していないだろう？

貴子は、ふと思った。もうあの町に戻る理由がなかったので、たぶん、十年近く、足を踏み入れたことがない。

高校に入る時、あの町を出て、十年。今、貴子も二十六歳になった。もちろん、町を出る時には、市長の愛人になろうなんて、思いもしなかったのだ。

家族も、親類も、あの町には一人も残っていない。今さら、行ってみたところで……。今さら。

しかし、一旦《いったん》「あの町」のことを考え始めると、思いもかけなかった、切なさにも似た憧《あこが》れがふき上げて来て、貴子を圧倒してしまった。たぶん、町の誰も、もう貴子のことなど憶《おぼ》えていないだろう。

誰も？　でも、もしかして……。

大和田がネクタイをしめて、上衣《うわぎ》に腕を通している。それから札入れを出して、一万円札を――。

貴子は、ウーンと声を上げて、寝返りを打つと、

「あら、もう起きたの」

と、舌足らずな声を出した。

「よく眠ってるから、起すのも可哀《かわい》そうかと思ったんだ」

と、大和田は言った。「ここに置いとくぞ」

「ありがとう。――ね、今日、何か橋の渡りぞめをやるんでしょ」

「ああ、そうなんだ。馬鹿《ばか》げてるが、これも仕事さ。――どうしてだ？」

貴子は、ベッドに起き上った。

「私も行っていい？」

大和田は面食らって貴子を眺めた。

「――どうしてだ？」

「何となくよ。そういうのって、好きなの、私。ね、行ってもいいでしょ？」

「しかし……」

「分ってるわよ。何も一緒に並んで立ってたい、ってわけじゃないわ。ただ行って見物していたいだけ。――声かけたりしないから。いいでしょ？」

貴子が甘えた声を出す。大和田は迷っていたが、そのうち苦笑すると、

「分った。――カメラに用心してくれよ」

と、言った。

「心配することないって！　じゃ、私もシャワー浴びて来ようっと！」

ベッドから飛び出して、貴子は、若々しくしなやかな裸身を大和田に見せつけるようにしながら、バスルームへと入って行った。

2

「町長、いや参りましたよ!」

と、課長の堀部《ほりべ》が息を切らして町長室へ入って来た。

「どうした?」

「テントが張れないんです。凄い風で」

と、堀部は首を振った。

堀部の髪は、誰かが手を突っ込んでかき回したみたいに、くしゃくしゃになっている。もちろん堀部も、持っている一番上等の背広を着ているのだろうが、それも台なしだった。

「そんなにか」

何とかならないのか、と言おうとしたが、堀部は、至って器用で、何とかできるものなら当然やっているはずだ、ということに思い当って、口には出さなかった。堀部が無理だと言うのだから、本当にだめなのだろう。

「石を置くとか、色々やってみましたが、とても……。それに、やっぱり水を打っても埃《ほこり》が舞って。あんな所に市長を座らせてはおけませんよ」

と、堀部はハンカチを出して顔を拭いた。

「しかしなあ……」

長倉は時計に目をやった。もう九時半だ。一時間しかない。

「あそこに何とか座っていただいても、お茶一杯出せませんね。とてもそんな状態じゃないです」

「じゃ、どうする。――もし車が早めに着いたとしたら、十時過ぎには市長がみえるんだぞ」

「市長には、一旦《いったん》、ここへ入っていただくのがいいと思いますが」

と、堀部は言った。

「ここへ？」

「ここで式典の始まる時間まで待機していただいて、車で橋の所まで」

「うむ……」

と、長倉は腕組みをした。

堀部の提案はもっともだ。しかし、長倉は、町中の人々が集まって、市長を出迎える、という光景を期待していた。

車で、橋のたもとまで行ってしまうのでは、町の連中の前を素通りすることになる。できることなら……。

「――まあ、他に手がなきゃやむをえんな」

と、長倉が言った。「しかし、ぎりぎりまで、やってみてくれ。風が弱くなるかもしれんし」

長倉の気持は、堀部もよく知っているはずである。

「分りました」

と肯いて、「また連絡を入れます」

「頼むよ」

長倉は、一人になるとタバコを引出しから出して、火をつけた。――古いタバコなので、少ししけっている。

〈禁煙〉という大きな字が、目に飛び込んで来る。しかし、今日は特別だった。

あの橋。あれはこの町に住む人々にとって、「夢」だったのだ。

深い谷川に分断されたこの町。――もともと、別々の村だったのを、一つの町にしてしまった、といういきさつはあったにせよ、あの谷を渡る橋がないおかげで、町の行政、すべてが厄介なことになっていた。

道はある。しかし、山側の道をずっと何キロも遠回りして行くので、今は一日に数回のバスの便しかない。しかも道は曲りくねって、狭く、危険だった。

これまでにも落石で二度、死者を出す事故があった。あの谷に橋がかけられたら、というのは、何十年来の悲願だったのだ。

それを、長倉が町長の職にある時、実現した！　もちろん、町の予算ではとても不可能で、市長の大和田が全面的にバックアップしてくれたおかげである。

工事は三年かかって、当初の予算を大幅に越えてしまった。長倉は命の縮むような思いで、ふえ続ける予算を見つめていたものだ。

その間に、町長選挙がなかったのは幸運というものだった。

——選挙か。

長倉の顔に、やっと笑いが浮かんだ。

今年、秋の町長選には、たぶん、対立候補は出ないだろう。何といっても、あの橋を完成させた直後だ。長倉がもう一期、町長をつとめることは、もう町民の常識になってしまっている。

そのために、長倉はずいぶん何度も大和田の所へ足を運んだ。下手をすると、町長選までに橋が完成しないところだったのだ。

大和田の方から、建設業者をせっつかせて、何とか春先の完成にこぎつけた。

「子供たちに、新学期、あの山の道を通らずに、小学校へ通わせたい」

という長倉の主張には、誰も表立って反対はできなかったはずだ。

事実、谷の向う側から通って来る子供たちは、大雨や雪の時にはずいぶん危い思いをしていた。幸い、まだ子供を巻き込んだ事故はなかったけれど、いつ起っても、おかしくはないのだった。

電話が鳴った。長倉は急いで受話器を取った。

「長倉だ」

「糸川です」

と、長倉とは古い付き合いの小学校の教師の声がした。

「やあ、どうも。ご苦労さん」

「風がひどいですね。ともかく、子供たちを連れて、これから出ますんで」

「よろしく。進君は？」

「張り切ってますよ、先頭で」

と、糸川が楽しげに言った。「じゃ、予定通りの時間で」

「待ってるよ。すんだら、一杯やろうじゃないか」

と、長倉は言った。

「いいですな。では町長、後ほど」

と、糸川はちょっと笑ってから言った。

長倉が電話を切ると、またすぐに鳴り出す。

「――堀部です」

と、外からしく、大きな声が飛び出して来た。

「どうした？」

「少し風が穏やかになって来ました。何とかテント、張れそうです」

「そうか」

長倉はホッと息をついた。「よろしく頼むよ」

「今、奥さんたちにも連絡しました。お茶の手配を――。え？　それは反対側の方だ！」

と、誰かに怒鳴ってから、「失礼しました。じゃ、抜かりなくやっときますから」

「ああ、何とか間に合わせてくれ」

長倉は、大きく息をついて、背もたれの高い椅子に寛《くつろ》いだ。

タバコは、いつの間にか灰皿の上で消えてしまっていた。

「あ！　帽子」

と、女の子が甲高《かんだか》い声を上げた。

糸川は、振り向くと赤いベレー帽がコロコロと転って行くのを目に留め、あわてて駆けて行ってつかまえた。

「ほら、しっかり押えてろ。飛んでっちまうぞ」

「はあい」

「みんな、帽子は手で持ってろ！　ここで落ちたら、拾いに行けないぞ」

と、糸川は大声で生徒たちに言った。

「持てないよ」

と、返事をしたのは、大太鼓をかかえて、フーフー言っている男の子だ。

「誰か持ってやれ」

と、糸川は言った。「さ、もう少しだ。急ぐぞ」

上りの山道は、子供たちにとって、楽じゃない。それは糸川にもよく分っていた。

平気な顔で歩いているのは、いつもここを通って、学校へ通っている子供たちだ。

しかし、そのために一時間近くも前に家を出なくてはならない。

しかし、明日からは——もうそんな必要もなくなる。あの橋を渡って、せいぜい十分ぐらい余分にかかるだけで、学校へ出て来られるのだ。

「ちょっと休もうよ、先生」

と、太った子が言った。

「休むか？——よし、じゃ五分だけだ」

糸川は足を止めた。

本当なら、このまま行ってしまいたかったのだが、後は下りだし、それに、進の具合も気になっていた。

「——おい、進」

と、糸川は声をかけた。「大丈夫か？」

進は大分辛《つら》そうだった。顔色もあまり良くない。

「うん、平気だよ」

と、それでも笑顔を見せた。

「向うへ着いたら少し休めるからな」

他の生徒の手前、あまり進とばかり話してはいられなかった。

「橋が見えるよ」

と、元気な女の子が、のび上って言った。

「どこ?」

「本当だ!」

疲れてはいても、たちまちワイワイと集まって来て、少し高くなった石の上に立って眺めている。

「——どうせ橋があんのにさ、通してくれりゃいいんだよな」

と、男の子が言った。

「そうだよね。橋があるのに、こんな道通んなくたって!」

——糸川も、そう思わないわけではなかった。

町役場の人間にもかけ合ってみたのだが、

「渡りぞめの前に通られると、ちょっとね……」

と、首をたてには振ってくれなかったのである。

もちろん、ゆうべのうちに、係の人間や、担当者は橋を渡って、掃除をしたりしているはずだが、まあ、仕方あるまい。

「目が回りそう」

と、女の子が言った。「橋の下、見ないようにしなくちゃ」

そう。――実際、こうして遠くから眺めていても、凄い高さがある。あの橋の上から谷を覗《のぞ》き込んだら、糸川だって足がすくむだろう。

「――よし、出かけるぞ」

と、糸川は声をかけた。「向うへ着いたら、お菓子が用意してある」

これは内緒にしておくつもりだったのだが、ばらしてしまった。

「ええ、本当?」

「きっと安いんでしょ」

と、あちこちから、からかいの声が上った。

それでも、少し休んで、大分元気が出たようだ。みんな、ガヤガヤやりながらも、歩き出した。

糸川はチラッと進の方を見た。

一緒にクラス委員をやっている女の子と、並んで歩いている。なかなかしっかりした、可愛《かわい》い女の子だ。

糸川は、ちょっと微笑んで、

「おい、足下に気を付けろよ」

と、みんなに呼びかけた。「転んで汚したら、洗濯してる暇はないぞ」

「先生」

と、五年生の女の子が言った。

「何だ？」

「あの橋、揺れてたよ」

「何だって？」

「揺れてたよ。見えたもん」

目のいい子なのだ。確かに、揺れていたのかもしれない。この風だ。

「吊橋《つりばし》だからな。揺れても大丈夫なように作ってあるんだ」

「やだあ。酔っちゃう」

と、他の女の子が声を上げた。

「そんなにひどく揺れるもんか。あんまりがっちり作ると、却ってボキッと折れるんだ。少し曲ったり、しなったりする方が丈夫だ。分るだろ？　今は高いビルだって、そういう作りになってるんだ」

糸川は説明しながら、もし渡っている最中に、吊橋がユサユサ揺れていたら、さぞ気持悪いだろうな、と考えていた。

「あれ、何だろう？」

車の窓から表を眺めていた雨宮が言った。

「どれ？」

と、山崎《やまざき》貴子は雨宮の視線を追った。「ああ、あそこの絵？」

「うん。――何だか下手くそな絵だな」

雨宮が大和田市長の秘書になって、三年たつ。二十七、八の若さだが、細かいことに気の付く男だった。

貴子は、大和田と一緒に来るわけにもいかないので、雨宮と、一足先に町へ入ることにしたのだ。

「いいね、君は僕のそばにくっついててくれよ」

「何度も言わなくたって分るわよ」

と、貴子は少し強い口調で言い返した。

雨宮は、ちょっとすまなそうに、

「いや……。別に、疑ってるわけじゃないんだ」

と、言った。

「知ってるわ。市長の愛人なんかやってる女は、頭が空っぽで、何を言ってもすぐ忘れる、と思ってるんでしょ」

「いや……。そんなことはないよ」

雨宮は、運転手の方をちょっと気にしていたが、

「平気よ」

と、貴子は言った。「この運転手さん、何度も私と市長さんのこと、迎えに来て、知ってるから」

車は、町の中へと入って行った。

「どこへ行くの?」

と、貴子は言った。

「町長が町役場で待ってるはずだ」

「それなら、そこを右へ曲るのよ」

運転手がびっくりして振り向いたが、すぐにハンドルを切った。

「君……どうして、知ってるんだ?」

と、雨宮が不思議そうに、「来たことあるのか、この町に?」

「私、ここの出身なの」

と、貴子は言った。「だから来たかったのよ」

「知らなかった」

「当り前よ。市長さんも知らないわ」

貴子は、町の様子を眺めて、「ちっとも変ってない」

と、呟いた。

「じゃ……まだご両親が？」

「誰もいないわ。私が高校に上る時、町を出て、それっきり」

貴子は、雨宮を見て、「さっきの道端の下手な絵、私たちが中学を卒業する時、みんなでかいたのよ」

と、言った。

「そりゃ……悪かった」

と、雨宮がきまり悪そうに言った。

「あの谷に橋がなかったから、山道をみんな通っててね。車が一台落石で谷底へ落ちたの。――同じ学年の子の父親でね。その追悼で、絵をかいたのよ」

「そうか……」

雨宮は、何となくぼんやりした様子で、貴子を見ていた。

「――その古い建物だわ」

と、貴子は言った。「十年前と変ってなきゃね」

車が停って、役場の中から、ワイシャツにネクタイ姿の若い男が駆け出して来た。

「ひどい風だな」

と、ドアを開けて、雨宮は顔をしかめた。

「——あの、どちらさんで？」

と、若い男が訊く。

「大和田市長の秘書です。市長は少し後からみえますので」

「そうですか！　ご苦労様です。車はそこへ置いて下さい」

と、若い男が運転手へ声をかける。

貴子は車を出て、風でめくれそうになるスカートを、あわてて押えた。

「風がひどいですね」

と、雨宮が言った。

「これでも少しやんで来た方です。朝はもっとひどくて……。ともかく一旦《いったん》中へ」

「市長がみえたら、中へ入るんですね？」

「はあ。それから橋まで町長がご案内します」

「じゃ、式典の会場を見せて下さい。手順とか、確かめておかないと」

「かしこまりました。じゃ、すぐにご案内を――」

貴子は、その若い職員を、じっと眺めていた。――聞き憶えのある声。確かに。

「君はここに入っててくれ」

と、雨宮が言った。「市長がみえたら、頼むよ」

貴子は黙って肯いた。

もう一人、年輩の職員が、いかにも古びた事務服をはおりながら出て来て、

「失礼しました。――では、ご案内します」

と、雨宮の先に立って歩き出した。

「あ、どうぞ、中へ」

若い方の職員が、貴子を役場の中へ案内した。入って行くと、働いている人たちが一斉に貴子を見る。

貴子は目を合わさないようにした。たぶん、誰も気が付くまい。

応接室へ通されて、貴子はソファに腰をかけた。――ソファは真新しい。今日のために新しく買ったのだろう。

一人で、落ちつかない気分のまま座っていると、ドアが開いた。

「すみません、どうも」

と、あの若い職員がお茶を運んで来て、「女の人たち、みんな、式典の手伝いに行ってて……。今、すぐ誰か戻って来ると思うんですけど」

貴子の前にお茶が置かれる。

「ありがとうございます」

と、貴子は言った。

「いや、どうも……」

貴子は、その顔を見た。——向うも、何となく妙な気分のようだ。

貴子は、自分から言ってしまうことにした。いつまでも相手が思い出してくれなかったら寂《さび》しい。

「似合うわね、和彦《かずひこ》君」

「え？」

「私。山崎貴子よ」

ポカンとして、貴子を見つめていたが……。

「貴子……。本当に？」

と、目が飛び出そうなくらいに大きく見開いて、「驚いた！」

「そんなに変った？」

と、貴子は笑った。「あなただって変ったわよ」

「貴子か……。びっくりした！」

津田《つだ》和彦は、ソファに、ゆっくりと座ったが、貴子から目を離さなかった。「何年ぶりだ？」

「十年よ。高校へ入る時、ここを出たんだもの」

「十年……。そうだよな」

と、津田和彦は肯いた。「じゃ……今、市長さんの所で働いてるのか」

「働いてる、って――まあ、そんなものね」

と、貴子は曖昧《あいまい》に言って、「せっかくだから、いただくわ」

お茶を一口飲んで、

「――和彦君のいれたお茶なんて、初めて飲んだ」

と、笑った。

「でも――きれいになったな。もちろん、あのころから可愛かったけど」

「あらあら。今ごろ言っても手遅れよ」

と、貴子はおどけて、「あなたは、どうしてるの？　結婚は？」

手遅れ。――そうよ、手遅れだわ。

「役場の給料じゃとても……。親父《おやじ》が倒れてさ」

「あら。――それで？」

「ほとんど寝たきり。お袋はもとから体、弱いだろ。だから、大変なんだ」

「お気の毒ね。お姉さんは？」

「ああ、姉はもう嫁に行った。三年ぐらいたつかな。僕も叔父《おじ》さんだよ」

「そうね。じゃ、いつから役場に？」

「専門学校へ通ってさ、いいとこに就職しようと思ってたんだけど、親父のことがあって……。手っ取り早く、ここに勤めたんだ」

「そう」

貴子は肯いた。

「君の方は……」

「私はご覧の通り、元気よ」

と、貴子は両手を広げて見せた。

「独身か」

「もちろん、気楽な独り暮し」

気楽な……。気楽にやっていなきゃ、たまらないじゃないの。あんな生活。

「いやあ、驚いたなあ。誰か町の人に——」

「やめて」

と、貴子は首を振った。「いいの。誰とも会いたくない。黙ってて。たぶん、誰も気が付かないわ」

「でも……」

「本当に。黙ってて。誰にも言わないで」

貴子の口調は真剣そのものだった。

「分った」

と、津田は肯いて、「じゃあ……また後で」

「ええ」

一人になると、貴子は大きく息を吐き出した。

後で？　後でどうするんだろう。

もう、どうにもならない。今さら、どうすることも、できやしない……。

貴子は両手で顔を覆《おお》った。

3

大和田と、長倉が、同時にテープにハサミを入れた。

大和田の方のハサミが、ちょっと調子が悪く、スパッとは切れなかったが、それでも、力を入れると、何とか切れて、テープは下へ落ちた。

ホッとした空気が流れ、拍手が起る。

カメラのシャッターが切れる音が、雨のように降り注いだ。新聞記者、TV局のカメラまでやって来て、この「画期的な吊橋」の完成をビデオにおさめた。

大和田は上機嫌だった。

着いた時には、まだ風がひどく、大和田は式典に出るのをやめようかとさえ思ったのだが、そのうち、風もおさまって来て、しかもTV局が来ているというので、すっかりご機嫌がなおった。

何といっても、政治家にとって、TVは一番の「武器」である。

風船が一斉に宙へ数百も舞い上る。それが合図だった。

橋の反対側で、ずっと立ちづめでくたびれていた鼓笛隊は、やっと出番が来てホッとしていた。

「よし、行け！」

と、糸川は言った。

進も、頬を紅潮させている。バトンを一旦高く上げて、それから足踏みをしながら拍子を取り始めた。
二、三……。一斉に揃って、鼓笛隊の行進が始まった。曲は〈クワイ河マーチ〉だ。笛の音が、太鼓の響きが、谷にこだました。鼓笛隊が橋を渡り始める。
糸川は、たもとに立って、行進して行く子供たち——その先頭に立つ進の姿を、見送っていた。

橋の向う側では、市長、町長、そして大部分の町の人々が、待ちうけているのだ。

糸川の胸は熱くなった。

この後のパーティでは、町長が、子供たちに感謝の言葉を述べてくれることになっている。もちろん、糸川個人への感謝ではないにしても、それで充分だった。

橋を渡るのに、ほんの二、三分。これだけのために、何日間も練習した。鼓笛隊に入った子は、毎日、学校の終った後に、練習があったのである。

よくやった。——みんな一生懸命にやったんだ。

糸川は、めっきり涙もろくなっていた。早くも目頭《めがしら》が熱くなって来て、咳払《せきばら》いをした。――みっともないぞ！　こんな所で泣くなんて。

子供たちは、ちょうど橋の真中辺りへ、さしかかっていた。橋の向うに、町の人々が大勢集まっているのが分る。

光子も、進のことを気にしながら、見ているだろう。――大丈夫。堂々とやってるじゃないか。俺の息子だ。糸川は一人で肯いていた……。

鼓笛隊のマーチが、谷に反響して、不思議な音を聞かせている。――糸川は、誰かにビデオをとらせりゃ良かったな、と思った。

そんなことまで考えつかなかったけれど。ビデオなら、音も入る。しかし、今さら、もう無理だ。

ゴーッ、と、奇妙な唸りが聞こえて来た。

何だ？――糸川は、ちょっと眉《まゆ》をひそめた。

マーチの音に紛れて、よく分らないが、何か、ワーンという耳鳴りのような音が聞こえる。

「風が――」

と、誰かが言った。

風？——そう、風だった。

突然、ほとんど「叩きつける」ような勢いで、風が押し寄せて来たのだ。糸川は一瞬よろけた。

それほどの勢いだったのだ。細かい砂が当って、一瞬目が開けられなかった。

突風だ！　ほんのわずかの間だろうが……。

橋。——橋は？

「揺れてる！　揺れてますよ！」

と、誰かが叫んだ。

吊橋は、ゆっくりと、しかしかなりの振幅で、左右に揺れていた。マーチが中断し、子供たちは橋の上でよろけていた。

「おい！」

と、糸川は叫んだ。「早く渡れ！」

いや、もちろん、大丈夫だ。風がおさまれば、橋の揺れも止る。橋は絶対に大丈夫だ……。

さらに——信じられないくらいの強風が、谷を駆け抜けて行った。吊橋が、まるで巨大なブランコのように大きく揺れた。子供たちが転ぶのが見える。

糸川は駆け出した。しかし、橋に足を踏み入れると、とても駆けてはいけなくなってしまった。橋は右へ左へ、大きく揺れて、足をすくわれた糸川は、転んでしまった。女の子の悲鳴が聞こえる。みんな四つん這《ば》いになったり、手すりにつかまって、やっと転ばずにいた。とても、立って歩くなんてことはできない。

「つかまってろ！」

と、糸川は叫んだ。「しっかり、つかまってろ！」

手すりは金網が張ってあるので、隙間《すきま》から落ちる心配はない。しかし、目もくらむ高さで、振り回される予供たちの恐怖は、糸川にも想像がつく。

風が……早くやんでくれ。もう、やめてくれ！

しかし、風は強く、弱く、吹きつけて来た。

糸川も、橋のたもと近くから、動けない。

——何てことだ！　畜生！

その時、ギーッという無気味な音が耳に突き刺さって来た。何だ、あれは？

吊橋は、奇妙な揺れ方を見せていた。橋全体がねじれ、波打ち始めている。糸川の目にも、はっきりと、波が見えた。

これは——とんでもないことになる。

糸川はゾッとした。

「逃げろ！」

と、力一杯叫んだ。「早く！　這ってでも向うへ行け！」

しかし、その声は風に吹き散らされたようだ。それに生徒たちは、手すりにしがみついているだけで、精一杯だった。

太鼓が、橋の上をゴロゴロと転っていた。

風は、やみ始めていた。――それなのに、橋の揺れはおさまらない。いや、ますます、ひどくなりつつあった。

「先生！」

と、誰かが金切り声を上げた。「支柱が――」

振り向いた糸川は、信じられないものを見た。高さ数十メートルのがっしりとした鉄柱が、ゆっくりと傾いていたのだ。

まさか！　こんなことがあるか！　こんな馬鹿な！

バーン、という爆発音が聞こえた。ハッと顔を向けると、それが爆発でなく、橋を吊る、太いワイヤーの切れる音だと分った。切れたワイヤーが橋の上で大蛇のようにのたうった。それに数人の子供がはね飛ばされて、悲鳴を上げる。

バーン、ともう一度、音がした。もう一本、ワイヤーが切れたのだ。

突然、吊橋は中央部分で裂け始めた。

誰もが——凍りついたように、動けなかった。目の前の光景を、信じられなかった。どんな悪夢よりも、信じられない光景が、町の人々の前で展開されたのだ。

吊橋は、真っ二つに裂けた。ワイヤーが次々に弾《はじ》け、切れ、支柱がねじ曲って、土台のコンクリートの根本から折れた。

橋は落ちた。谷の両側から、大きく垂れ下り、そして子供たちは一瞬のうちに、谷間へと呑まれて行った。

——風が、唐突にやんだ。

この世から音が一切消えてしまったような何秒間かが続き、そして、母親たちの叫び声が、谷にこだました……。


「畜生！」

と、大和田は言った。「畜生！」

内にたまった苛立ちと怒りと恐怖を、一度に吐き出そうとするかのように、大和田は貴子を荒々しく抱き——そして、終ってから、何度も、「畜生！」と呟いたのだった。

貴子は何も言わなかった。

体中が痛んだ。大和田の愛撫《あいぶ》は、ほとんど暴力に近いものだったのだ。手足や胸に、すり傷さえ残っているようだった。

しかし、一番深い傷は、貴子の中の、奥深い所で、うずいていた。

「――大丈夫なの？」

と、貴子は言った。「こんな所、見付かったら、まずいでしょ、世間が大騒ぎしてる時に」

「お前が心配することじゃない」

と、大和田は素気なく言った。「お前は俺の言う通りにしてりゃいいんだ」

言う通りに、ね。――大和田の言う通りにして、あの吊橋は落ちたのではないのか。

表面で強がっていながら、大和田は怯《おび》えていた。貴子にも、それは手に取るように分る。

吊橋が落ちて、一週間。――昨日、最後の遺体が、下流の岸で発見されたばかりである。もちろん、この惨事は全国的なニュースになった。

あの小さな町は（皮肉なことだが）町始まって以来の人で溢《あふ》れた。報道陣が、TV、新聞、週刊誌、と次々に押しかけたのである。

一日中ヘリコプターが町の上を飛び回った。町の家庭は、一軒残らず取材のマイクを玄関からさし込まれた、と言ってもいいくらいだ。

あの町の名は、日本中に知れ渡った。——そして、長倉町長は、たぶん日本で一番マスコミに注目される町長になっていた……。

ベッドわきの電話が鳴った。大和田はすぐに受話器を取って、

「何だ？」

と言った。

この部屋を知っているのは、秘書の雨宮だけである。

「——何だと？——どこにいるんだ、長倉は。——そうか。分った」

大和田の額には、深くしわが刻まれていた。

「来るな、と言ってやったんだろう？——困った奴だ。——ああ、分ってる。ともかく、絶対人目につかない場所を選んでくれ。もし、見付かったら……。何だ？」

大和田は、貴子が肘《ひじ》でつついているのに気付いて訊いた。

「こ、ここへ来てもらえば？」

大和田が面食らって、貴子を見る。

「ここが一番人目につかないわよ。私が借りた部屋なんだし」

と貴子は言った。

「しかし……」

「構やしないでしょ。私、お風呂に入ってるから、お二人でゆっくりラブシーンでもやれば？」

大和田は苦笑した。

「それもそうだな。——おい、雨宮。ここへ長倉を連れて来い。今からよそへ動くのは却って危い。——そうだ。——すぐで構わん」

大和田は電話を切ると、「お前、風呂へ入ってろよ。少し長くなるかもしれんがな」

「私、どうせ長風呂なの。——あなたも、何か着た方がいいんじゃない？」

貴子は欠伸をしながら、ベッドから出て、「お葬式はいつ？」

と、訊いた。

「何だ？」

「死んだ子供たちの。——一緒にやるんでしょ？」

「ああ……。二、三日後になるだろうな」

大和田は首を振って、「ついてないぜ、全く！　あんな突風が吹くとはな」

「風に八つ当りしても、仕方ないわよ」

貴子はバッグを開けてタバコとライターを取り出すと、「じゃ、ごゆっくり」と、バスルームへと歩いて行った。

バスルームへ貴子が入ってすぐ、部屋のドアをノックする音がした。

大和田が、確かめてからドアを開ける。

「どうも……お忙しいところ……」

長倉が、やつれ切った様子で入って来た。

「息ぬきしてたところさ。入れ」

と、大和田は長倉を入れて、「見られなかったろうな」

「大丈夫です。あの……お一人で?」

バスルームから、浴槽にお湯を入れる音が聞こえて来た。

「あれなら、ここで何を話しても聞こえないよ。——座れ」

「どうも……」

長倉は、ソファに身を沈めて、「参りましたよ、すっかり」

「しっかりしろ。今、粘らなかったら、それこそおしまいになる」

大和田はガウンをはおった格好で、ベッドに腰をおろした。

「——警察の動きは?」

「今のところ、設計ミスか工事ミスか、という方へ向ってます」

「結構だ。その線でずっとやってもらうことだな」

「ですが……何しろ事件が事件だけに、建設会社の方でも責任を取る、と簡単には言えないでしょう」

「当然だ。しかし、会社が責任を負うのが一番楽さ。そうだろう？　誰か二、三人、クビにして、遺族の前で社長が手をついて詫《わ》びる。――いっときは騒がれても、そのうち、忘れられる」

「責任を認めさせる、なんてことができますか？」

「話はしてある」

と、大和田は言った。「もちろん、相当に痛手だろう。その代り、市の公共事業を、できるだけあそこへ回してやる、と約束しておいた。それで向うも納得するさ」

「そうですか……」

長倉は一向に安心できる様子ではなかった。

「びくびくするな。こんな時には、開き直るしかないんだ」

大和田は、半ば自分に言い聞かせるように、言った。「何も、俺たちは特別なことをしてたわけじゃない」

「分ってます。そりゃ運が悪かっただけだ、ってことは……。しかし、何といっても、小さな町で、二十人からの子供が……。これは大変なことです」

「分ってるさ。何も大変じゃないとは言っとらん」

大和田は、じっと長倉を見据えて、「しかしな、妙な良心《りょうしん》なんてものを持ち出すなよ。いいか、お前一人なら首を吊ろうと何しようと構わんが、他に大勢の人間を巻き込むことになるんだぞ」

「それはもう……」

「分ってりゃいい」

大和田は、息をついて、「あの突風が、異常だったんだ。不可抗力ってやつさ。俺たちがリベートを受け取らなくても、橋は落ちたかもしれん」

「はあ……。しかし、工期を急がせましたし――」

「それはそっちの要求だ。忘れるなよ」

「もちろんです！　選挙もあったし、それだけでなく、本当に新学期に間に合わせたかったんです」

「そのことで手を抜いたとしても、それは建設会社の手落ちさ。リベートは、常識の線だ。あれぐらい、誰だって受け取ってる」

「しかし……世間はそう思っちゃくれませんよ」

「当り前だ。しかし、気は楽になるだろう。――いいか。時がたてば、みんな忘れる。それを待つんだ。もう、TVでも新聞でも、大きな記事になっとらんじゃないか」

大和田は、バスルームの方へ目をやった。シャワーの音が聞こえている。

「じゃ……何も手を打たなくても大丈夫でしょうか？」

と、長倉は言った。

「下手に口をふさごうと思って動けば、人目につくだけだ。俺を信用しろ」

「分りました。いや……お言葉をうかがって、ホッとしました」

と、長倉は額の汗を拭《ぬぐ》った。「どうもお邪魔を――」

長倉が出て行って、少しすると、貴子がバスルームのドアを開けて顔を出した。

「もうすんだの？」

「ああ。――いいのか？」

「のぼせちゃうわ」

と、貴子は笑って、「シャワー、浴びるんでしょう？」

「そうしよう」

入れ代りに、大和田がバスルームへ消える。

貴子は、シャワーの音が聞こえて来ると、バッグの口を開け、マイクロカセットレコーダーのテープを止めた。

4

霧が、谷を埋めていた。

真夜中を過ぎると、山の中は冷え込んで来る。

吐く息が、誰も真白だった。真冬のような寒さだ。いくら山の中とはいえ異例だった。

霧の中に、倒れかけた支柱と、だらりと垂れ下った、切れたワイヤーが、恐竜の骨みたいに、ぼんやりと浮かび上って見える。

「——遅いね」

と、津田和彦が言った。「しくじったかな」

貴子は首を振った。黙ったままで。

待つしかない。ただ、待つ以外に、なすべきことはない。

誰もが、無言だった。——十数人の町の人たちが、橋のたもとに集まって来ている。

ロープが張られて、もちろん〈立入禁止〉の札が下っていた。風もないのに、その札がキッ、キッと金属音をたてながら、揺れていた。

「車の音だ」

と、誰かが言った。

確かに……霧の奥、町の方向から、車の音が近付いて来る。そして、ライトが霧ににじみながら、見えて来た。

「一台？」

と、貴子は訊いた。

「一台だ」

と、津田和彦が肯く。「みんな退《さ》がって」

車がやって来て停ると、運転席から糸川が出て来た。

「すまん、遅れて。霧で、スピードを出せなかったんだ」

「どうしました？」

と、和彦が訊いた。

「うん。おいで願ったよ」

車のドアが左右に一斉に開いて、町の男たちに引きずられるように、大和田と長倉が出て来た。二人とも、ネクタイはゆがみ、上衣のボタンは飛んで、髪もめちゃくちゃで、両手を後ろ手に縛られていた。

「――何だ、これは！」

大和田が、声を震わせて、「何のまねだ！　こんなことをして――刑務所行きだぞ！」

「俺たちは刑務所へ行くかもしれん」

と、糸川が言った。「しかし、あんたたちは地獄へ行くんだな」

長倉の方は、もう真青になって、歩くこともできない。ヘナヘナと膝《ひざ》をついてしまった。

「どういうことなんだ！」

と、大和田がわめいた。「あれは不幸な事故だった。こんなことを私がされる覚えはないぞ！」

「そうかしら」

貴子が言った。

大和田は、貴子がいることに初めて気付いて、呆気《あっけ》に取られていた。

「お前……何をしてるんだ？」

「あなたたちの話を聞いたわ。選挙のために完成を急がせ、リベートを受け取り、手を抜かせた……。後悔ってことを知らないの？」

大和田は、顔を真赤にして、貴子をにらんだが、糸川の方へ向くと、

「この女の言うことを真《ま》に受けたのか？　こいつは私が金で囲っていたんだ。金次第で、何でもしゃべる。こんな女の話を信じて、後悔するのはそっちだぞ」

「テープがあるわよ」

と、貴子が言った。

「――何だと？」

「あなたたちの話を録音しておいたの」

大和田が愕然《がくぜん》とした。

「私はね、この町で生れて、育ったの。あの谷から、いつも下を覗きながら、大きくなったのよ」

――貴子は続けて、
と、言った。「テープを町の人たちに――亡くなった子供たちの親ごさんたちに聞いてもらったの。後はどうするか、お任せします、って」

「我々も話し合ったよ、充分に」

と、糸川は言った。「もちろん、あんたたちも、罪に問われて、政治家としちゃお

しまいだろう。しかしね――」

糸川は、居並ぶ人々の方を見て、

「それだけじゃ物足りない、ってことになったんだ。そりゃ、あんたたちにとって、死にもまさる屈辱かもしれないがね。しかし、あの時に――」

糸川は、ちょっと言葉を切ってから「あの、吊橋が落ちるまでの間に、揺れる橋の上で、必死に手すりにしがみつき、四つん這いになって助けを求めてた子供たちの恐怖。それに、谷底へと落ちて行った時の、絶望……。それを、あんたたちにも味わってもらわなきゃ、ということになったのさ」

「殺すつもりか！」

と、大和田もさすがに青ざめた。「馬鹿な！　しくじったのは、橋を作った奴だ！」

「ちゃんと話は聞いたよ」

と、糸川は肯いた。「この数日で、その主任は髪が真白になっていた。あんたたちの要求に負けて、工期を短くするためと、予算を浮かすために、自分がしたことを考えてね……」

「人殺し！」

と、母親の一人から声が上った。「私が突き落としてやるわ！」

「やめてくれ……」

と、かぼそい声を上げたのは、長倉だった。「私は――大和田さんに言われた通りにしただけだ」

「今さら何だ！」

と、大和田がかみついた。「町長選があるから、と泣きついてきたくせに！」

「だけど、リベートをくれとは言わなかった！」

「金がない、と情ない声を出してたじゃないか！　あれは――あんなものぐらい、常識だ！　誰だって、大きな工事がありゃ、リベートぐらい、取ってるんだ！」

「あんたたちも不運だったかもしれん」

と、糸川は言った。「しかし、死んだ子供たちは、不運じゃすまないよ。そうだろう？」

糸川は、津田の方を向いて、

「手の縄をといてやれ」

と、言った。

〈立入禁止〉のロープが外され、橋の所まで引張って行かれた長倉と大和田は、手を縛った縄をとかれた。

「——さあ」

町の人々が、二人の前をふさいでいる。二人が行けるのは橋——落ちた橋の方向だけだった。

「どうするね」

と、糸川は言った。「そのまま真直ぐ歩いて行って、自ら飛び下りるか、それとも手伝ってやろうか」

大和田と長倉は、ただ突っ立っていた。——動くに動けないのだろう。二人とも、顔が汗で光っている。

「いつまでも待ってられないよ」

と、糸川が言った。

「やめてくれ……」

長倉はその場に座り込んでしまった。「悪かった！　勘弁してくれ！」

「考え直してくれ」

と、大和田が目を飛び出しそうなほど見開いて、「みんな——人を殺そうとしてるんだぞ！　貴子、お前は俺のことを愛してるんだろう、何とか言ってくれ！」

「最後ぐらいはきれいに死んで」

と、貴子は言った。「せめて、一時は心ひかれた人が、それにふさわしい相手だったと思いたいわ」

大和田と長倉に向って、憎悪と怒りの視線が矢のように突き刺さった。

長倉は、ガタガタ震えながら、頭をかかえてうずくまってしまった。

「――俺はいやだ！」

と、大和田が叫んだ。「誰が飛び下りるもんか！」

大和田は糸川に向って突進した。糸川を突き飛ばし、逃げようとしたが、一斉に飛びかかる町の人たちに、たちまち取り押えられてしまった。

「引張って行け！」

「谷へ放り込め！」

と、声が上った。

「はなせ！　人殺しめ！」

しゃがれ声で、大和田はわめいた。
七、八人が大和田の腕をつかみ、ぐいぐい橋の方へと引きずって行く。ふんばった足から靴が脱げて転った。
「助けてくれ！――やめてくれ！」

金切り声を上げて、大和田が暴れる。長倉は、地面にうずくまったまま、耳を両手でふさいで震えていた。

「このまま、突き落とそう」

と、誰かが言った。「とても、自分じゃ飛び下りそうもない」

「気を付けろ！　折れた辺りは危いぞ」

次々に声がかかる。

大和田は、橋の折れた、ぎざぎざのヘリに向って、もう声もなく引きずって行かれた。

「――これでいいのね」

と、貴子が呟いた。

「いいんだ。これでいいんだ」

と、糸川が強い口調で言った。「誰も悔《くや》みはしないさ」

霧が、一段と濃くなった。

「おい！　気を付けろ！　前がよく見えないぞ」

「少し待ってよう。霧が晴れて来るまで」

「凄い霧だ」

——そして、誰もが口をつぐんだ。

物音一つないはずの、この谷に、何かが聞こえて来た。

かすかにリズムを刻む太鼓の音。やがて甲高い笛の音。そして、ザッザッという足音が……。

「あれは……」

と、貴子が言った。「鼓笛隊だわ」

はっきりと、霧の中から、〈クワイ河マーチ〉が聞こえて来た。太鼓がドン、ドンとリズムを刻んでいる。シンバルが華やかに光った音を出す。たて笛が、少し不揃いのメロディをかなでる。

それは、霧の中を段々近付いて来た。

みんな、呼吸するのも忘れて、立っていた。動くことも、話すことも、忘れている。

マーチの響きは、谷にこだまして、不思議なやさしい音となって、辺りを包んだ。

「進……」

と、糸川は呟いた。

涙が、いつの間にか頰《ほお》を伝っている。

他の人たちも同じだった。頰を涙で濡《ぬ》らして、目に見えぬ我が子を、じっと霧の中に見つめていた。

——大和田は、もう腕をつかまれていないのにも気付かない様子で、その場に膝をついた。

うずくまっていた長倉が、そろそろと頭を上げ、消えた橋の方へ顔を向ける。

マーチは、どんどん近付いて来て、足音は目の前に見えるほど近くなっていた。

太鼓の音が、人々の腹に響いた。笛を吹く、かすれた息の音、キュッキュッと鳴る、真新しい革靴の音まで、聞こえて来る。

しかし——霧の中からは、何も現われては来なかった。ただ、音だけが、人々の方へ向って来たのだ。

大和田の両わきを、足音が通り過ぎて行く。大和田は怯えるように首をすぼめた。

鼓笛隊は、正面に待ち受ける糸川たちの中を、通り過ぎて行った。そして、それが通り抜けて行く瞬間——糸川は何かを感じた。

熱く、心に触れるものを。それは子供たちの、熱い思いだったかもしれない……。

——やがて、鼓笛隊は人々の間を通り過ぎて、急に音が小さくなり、消えて行った。

「——見て」

と、貴子が言った。「霧が……」

あんなに深く、辺りを押しつつんでいた霧が、嘘《うそ》のように晴れて行った。

月明りに、深い谷と、無残な橋の残骸《ざんがい》が、くっきりと浮かび上った――。

どれくらいの間、みんな黙っていただろうか……。

「聞こえましたか」

と、糸川は言った。「あの子たちの訴えていたのが」

みんなが顔を見合せた。

「私には聞こえたような気がする」

と、糸川は続けた。「こんなことをしちゃいけない、と言っているのが。あんな怖い思い、痛い思いをするのは、僕たちだけで沢山だよ、と言っているのがね」

心が、洗われたように澄んでいる感じだった。怒りと憎しみが、今は透《す》き通ったものと化しているようだ。

「この二人を――」

と、糸川は言った。「法の手に委ねましょう。我々には人を裁く権利はない。もちろん、責任ははっきりさせ、罰は受けさせなくてはいけないが、復讐《ふくしゅう》をすることが、子供たちへの供養《くよう》じゃない」

長倉が、ゆっくりと立ち上った。

「誓います」

と、長倉は言った。「再び――今度は、決して落ちることのない橋を、ここへかける。私の一生がそれで終ってもいい。――どんなことをしても、実現させます。刑務所から出て来たら、自分の手で石を運んででも、橋をかけて見せます」

――誰も、何も言わなかった。

一人、また一人と、町へ向って歩き出す。

「――君」

と、津田が貴子に言った。「どうする?」

貴子は、ふっと我に返った様子で、

「え?」

と、津田を見た。「ああ……。帰るわ、もちろん」

「どこへ?」

貴子は、ちょっと肩を揺すって、

「さあ、――ゆっくり考えるわ」

と、言った。

「送って行くよ」

「私を?」

「いけないかい?」

「構わないけど……」

貴子は、少しためらって、「私、今いるマンションは、もう引き払わなきゃいけないのよ」

「でも、当分はあれこれあるよ。警察が君のテープを聞きたがる」

「そうね」

「それがすんだら……この町へ戻って来ないか?」

「考えるわ」

と、貴子は言った。

二人は歩き出した。——後には、放心したように座り込んだ大和田と、立ったまま泣いている長倉の二人しか残っていない。

「あれは……何だったの?」

と、貴子が歩きながら言った。

「あれって?」

「鼓笛隊よ。あの……」

「あれはきっと——」

と、津田は、貴子の肩を抱いて言った。「天国に入場行進して行ったんだよ。みんなが」

「そうね」

貴子は微笑んだ。「——そうかもしれないわね」

寒かった夜が、ずいぶん暖かくなっている。

しかし、津田は貴子を抱いた腕を、とこうとはしなかった。

この作品は1993年4月集英社文庫より刊行されました。
なお、本作品はフィクションであり実在の個人・団体などとは一切関係がありません。

徳間文庫

哀愁変《あいしゅうへん》奏《そう》曲《きょく》

2024年7月15日 初刷

著者 赤《あか》川《がわ》次《じ》郎《ろう》

発行者 小宮英行

発行所 株式会社徳間書店

東京都品川区上大崎三―一―一 〒141―8202
目黒セントラルスクエア

電話 編集〇三(五四〇三)四三四九
販売〇四九(二九三)五五二一

振替 〇〇一四〇―〇―四四三九二

印刷 株式会社広済堂ネクスト
製本

ISBN978-4-19-894953-2 (乱丁、落丁本はお取りかえいたします)